成长之书

爱的苍穹下

李兴海 ◎ 主编

吉林出版集团股份有限公司
全国百佳图书出版单位

图书在版编目（CIP）数据

爱的苍穹下 / 李兴海主编. -- 长春：吉林出版集团股份有限公司，2018.5（2021.5重印）
ISBN 978-7-5581-5007-4

Ⅰ．①爱… Ⅱ．①李… Ⅲ．①散文集－中国－当代 Ⅳ．① I267

中国版本图书馆CIP数据核字（2018）第093631号

CHENGZHANG ZHI SHU AI DE CANGQIONG XIA
成长之书：爱的苍穹下　　　　　　　　　　　李兴海 / 主编

出版人	齐　郁	
责任编辑	张婷婷	
装帧设计	张振东	
出　　版	吉林出版集团股份有限公司	
发　　行	吉林出版集团青少年书刊发行有限公司	
地　　址	长春市福社大路5788号（130118）	
电　　话	0431-81629800	
印　　刷	天津海德伟业印务有限公司	
版　　次	2018年5月第1版 2021年5月第2次印刷	
字　　数	160千字	
开　　本	720mm×1000mm 1/16	
印　　张	10	
书　　号	ISBN 978-7-5581-5007-4	
定　　价	32.00元	

版权所有·翻印必究

在阅读中享受最美好的青春

二十岁时，我第一次去凤凰，不为古镇美景，只为能与偶居夺翠楼的黄永玉先生见上一面。

时逢雨季，沱江奔啸，烟涛微茫信难求。苦待数日，仍没能等到想见之人。

我在清冷的雨丝中独自徘徊，满心失落。无意中走进一家书店，里面尽是沈从文先生的作品。无处可去，只好在僻幽的角落里翻阅旧籍，而后便一发而不可收。

回程当日，总觉有重要的东西遗落城中，寻思许久，才跑去那条巷子的书店里买了本泛黄的《边城》。这本有着深蓝小印戳的《边城》至今仍安躺于我的书柜里——它不仅使我在未果的行程中找到些许补偿，更让我在之后的时光无比怀念二十岁的自己。

再后来，我与书结下了不解之缘。不但自己看书写书，更领着诸多热爱文学的人走上了自己想走的路。

我经常跟学生们说，阅读是写作的命脉，只有不断阅读，才能保持创作角度的新颖和思维的敏捷。然而，阅读所赐予我们的又何止是这些？

不管在何时何地，只要手中捧着一本书，心里便会觉得安然。书不但能排遣无聊和寂寞，将岁月的伤口逐一缝补，还能把心灵淬炼成一块玲珑美玉。

爱书之人，必是睿智且沉稳的，遇事不惊，处之泰然。古人所说的"腹有诗书气自华"便是这个意思。

经常看书和沉迷在网游世界的心灵绝对是不一样的，前者往往更能体悟"一叶一菩提"的真谛。书本给予心灵的力量，是不可言喻的。十年寒窗，说的并不是读书人的艰辛，而是意在表述读书人的坚忍和不懈。试问，有多少人可以在寒窗下十年如一日地重复做一件事情呢？

曹文轩老师曾说"世间最优雅的姿态就是阅读"，不论静坐还是倾卧，甚至在卫生间里，它都是最美的姿态。因为这样的人，通常都会从骨子里散发出一种极具亲和力的书卷气。

阅读人物，通晓历史，可由他人鉴知自己得失；阅读杂文，百味世事，可在辛言辣语中澡雪精神；阅读情感，温热肺腑，可居书香浓情里滋养心灵；阅读故事，体会人生，可于静谧岁月中倾情流泪……

每一种书，都是风景；每一本书，都是亟待窥破的秘密。

宋朝诗人黄山谷有一句名言："三日不读书，便觉语言无味，面目可憎。"这其中说的，就是每日读书的重要性。

这套图书，所遵循的就是这个简单的理论。通过遴选当下不同类型的精华文章，给读者以不同的心灵养分。为了能找到年度最精华的文章，为了给读者省去寻找的冗长时间，我们几乎把近年的期刊翻了个遍。目的就是为了去其糟粕，取其精华。

我们的宗旨只有一个，就是为这个时代的读者奉献好书。

但愿我们可以放慢匆乱的步伐，一起在欢愉的阅读中，享受青春，优雅前行。

李兴海

2018 年 4 月

目 录

岁月转身

那时候有多美 / 王璐琪	2
同桌的妈妈 / 冠一豸	4
岁月转身,你变成了我 / 安宁	11
笨丫头的幸福 / 杜智萍	14
我在散场后等你 / 晴儿	19
时光从不说谎 / 安一朗	22
弟弟,是天使派来陪我的 / 罗光太	27

无声的天籁

外婆 / 徐玲	34
父爱是曲无声的天籁 / 冠一豸	36
陪我走过青春的"老男孩" / 安一心	41
母亲的怯懦 / 苏米	46
对不起,我爱您 / 阿杜	49
为师无悔 / 康哲峰	55
寒冬里的山里红 / 康哲峰	57
甜石榴,酸石榴 / 明月	60
开往我心的火车 / 娇眉	62
给爸爸过父亲节 / 张素燕	64
又逢秋日柿儿红 / 翀飞	66

最温柔的名字

新闻背后的母亲 / 卫宣利	72
有爱不觉天涯远 / 卫宣利	75
男人最温柔的名字 / 千江雪	78
母亲的梦话 / 千江雪	80
母亲的时间 / 萱萱	82
那些卑微的母亲 / 绚丽	84

那些事

老爸老妈那些事 / 李真一	88
两个男人的爱恨情仇 / 张小菲	94
烤饼里的深情 / 王举芳	100
风中读诗的男孩 / 王举芳	103
温暖冬天的手 / 芳心	106
秋水 / 芳心	108
团圆 / 风絮	111
沉默的银杏树 / 风絮	114

平淡岁月有馨香

纸船里的爱 / 雪原	118
父亲的掌中花 / 雪原	120
那些暖，无声流淌 / 玉玲珑	122
平淡岁月有馨香 / 心是莲花开	125
焐热一世温暖 / 心是莲花开	128
外婆的独家美味 / 一枚芳心	130
夹竹桃 / 一枚芳心	132
流年芬芳 / 佳一	134
谷子黄，小米香 / 明可	136
一路上有你 / 明可	138

穿过时光的手

母亲的背影 / 陈然	142
被忽略的幸福 / 陈然	144
青枣香甜 / 吉意	146
故乡的老树 / 吉意	148
穿过时光的母亲的手 / 明月	150

岁月转身

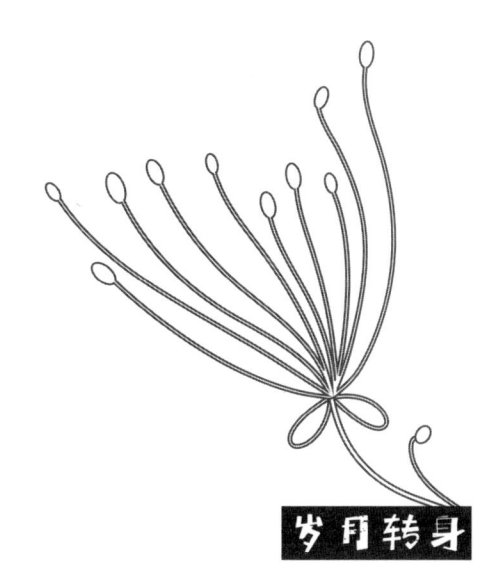

我的心，忽然就在这句话里微微地疼痛。再一次想起儿时的自己，也曾经这样无助地被母亲训斥着，亦带给她无边无际的烦恼。而今，岁月终于转身，将宛若小孩子的母亲交到我的手中。我被时间变成一个喋喋不休的女子，而母亲，亦在我一次又一次的牢骚、抱怨、厌烦里，变成许多年前脆弱孤单的我。

那时候有多美

王璐琪

那个五月的雨天,新来的语文老师穿着蓑衣、戴着斗笠来到我们身边。当他立在教室门前,大家都鸦雀无声地盯着他看。

"今天的作文课,请大家描述你们的新语文老师——我。"他走到讲桌前,行头都没有卸掉,就这么抱着手肘,看着我们写作文。不得不说,这是一个新鲜的老师,很新鲜。我留意到,他的鞋上还粘着一片水灵灵的草叶子。因为披着蓑衣,所以他走过的时候,掀起了一阵麦草的清香。

"写作不是闭门造车,要到田野里去!"当其他班的同学在教室里上课时,我们则头戴柳条编的花环,蒲公英一样自由自在地飘出了校园。他最经典的一句话就是:"外面风景那么美,在屋里待着简直是一种浪费!"所以,我们会在长满芬芳牧草的草坪上读鲁迅的文章,在潺潺的小溪边背苏轼的词,在洁白的羊群中念余光中的《乡愁》……

老师教我们唱一首叫《那时候有多美》的民谣,他会弹吉他。老师说,世界上最美的声音就是孩子的合唱。

我们的老师身材高大,皮肤黝黑。可谁能想到,这么个铁塔般的汉子,心中满满的全是有关文学和艺术的柔情呢?

我们在"田园牧歌"中度过半学期，我们班在期中考试遭遇了"滑铁卢"。除了语文成绩的平均分全年级最高，其余的科目简直惨不忍睹。在那么有趣的语文课里待着太美了，其余的课都用来回味了，谁还有心思趴在课桌上看着铁青的黑板？

成绩出来的那天上午，老师还安慰我们不要灰心，总会有又有趣又能快速提高成绩的方法的。但下午开家长会时，家长们像一群等着吃肉的秃鹫，在老师发分数条的时候就开始虎视眈眈了……

于是，之后的语文课基本都是在教室里上的，可是作文课，他还是带我们去了学校附近的湖边。当老师讲述该如何描写湖水的时候，一个同学站起来说："这个湖我们天天见，知道怎么写，没必要来这里。"

"可是湖水每一刻都是不同的呀，光线不同，时间不同，季节不同，景色是不一样的，甚至湖水的气味也是不一样的！"老师没听出来学生话语中的挑衅，他沉浸在自己对湖水的一往情深中，"在我们北方，几乎见不到这么美的湖……"

可是，更多的同学关心的是会不会因为成绩差而挨打。于是，不少家长和学生发起签名倡议，开始质疑语文老师的教学方法。

不久，老师来向我们辞行。他走得很突然，一如他来的时候那样。最后一篇作文是《离别》，老师事先帮每一个人在作文上写好了题目，字迹飘逸俊秀，与他的外形差距很大。这一刻，我们都哭了。

后来，我们换了"称职"的语文老师，这一年，我们班的升学率全校最高。

毕业后，我也会来这片湖泊，转一转，看一看。才发现，原来老师说的是真的。这片曾经在我们看来百年不变的湖泊，确实一年四季都有不同的颜色。而且，雨天湖水散发着淡淡的雾气，可以闻到青草的香味。可是这么多年了，却是由一个外乡人为我们点明的。

"那时候有多美，想起来像一湖清水，叹息都那么轻微，我不能体会。"

同桌的妈妈

冠一豸

一

柳贝贝的同桌黄贞是个乖巧可爱的女孩,她学习成绩好,而且乐于助人,是老师的得力助手,也是同学们推选出来的热心班长。

柳贝贝很喜欢黄贞,当老师把她调到和黄贞同桌时,她咧开嘴笑得合不拢。太幸运了!柳贝贝心里暗呼,班上多少同学想和黄贞同桌呢,只有她最幸运。她很快就和黄贞成了好朋友,天天一起玩耍,一起学习,过得很开心。

柳贝贝是个"富二代",家里住着大别墅,父母开着豪华轿车。不过,柳贝贝和其他有钱人家的孩子不一样,她不炫富,也不贪图享受。只是父母生意忙,无暇接送她,又担心她的安全,所以由不得柳贝贝拒绝,父母还是安排了一名司机每天接送她。

柳贝贝从不在同学面前提到自己富有的家庭,她始终觉得,父母会挣钱是父母的事,和她没有关系。她希望自己能够像黄贞一样,努力学习,得到好成绩，被老师表扬，被同学喜欢。她每天身穿校服，不用高档的学习用品，也不背昂贵的书包，走在同学中的柳贝贝就和其他同学一样，根本不会引人注目。

很多不知道实情的同学，还以为那个专门接送柳贝贝的司机是她的爸爸，对她说："贝贝，你爸爸好称职哟，每天都风雨无阻地接送你。"柳贝贝没解释，只是笑了笑，其实她心里真希望有一天自己的爸爸能抽出空来接送她。

二

柳贝贝很珍惜与黄贞的友情，她把黄贞当成自己的榜样，学习她的种种优点。黄贞是个热心肠的女孩，她不仅帮助柳贝贝解决难题，课间还会邀她一起到操场上玩。

在黄贞的带动和帮助下，柳贝贝的成绩从中等升到了中上等水平。她很高兴，心里充满了对黄贞的感激。为了表示谢意，柳贝贝买了本精美的日记簿送给黄贞，还在首页写上：黄贞同学，谢谢你的帮助！愿我们的友情天长地久！署名是：你最好的同桌柳贝贝。

黄贞推辞了很久，她说："贝贝，我们是好朋友，互相帮助是应该的，感谢什么呢？"不过在柳贝贝的坚持下，黄贞最后还是满心欢喜地收下了礼物。她很喜欢这本装帧精美的日记簿，但由于家里经济拮据，她没敢向父母开口要钱。她是个懂事的女孩，从小跟着在城里打工的父母，天天目睹父母的辛劳，很心疼他们，但又帮不上忙，唯有在学习上拼尽全力，用优异的成绩回报父母。

见黄贞收下了自己送的日记簿，柳贝贝很高兴。黄贞一直在帮助自己，而自己却帮不上她什么忙，所以选择送日记簿以示心意。从小跟着做生意的父母，耳濡目染，柳贝贝知道得到了别人的帮助要懂得回报，而且她真心喜欢黄贞，希望能够成为她的好朋友。

两个女孩因为一本日记簿关系更加亲密了，她们总是形影不离。原本和其他同学关系一般的柳贝贝，因为黄贞的带动，也渐渐融入了班集体。

有一天课间，一群同学不知怎么的，突然聊起了各自的父母。一个男生说："我爸爸开公司当老板，平时很忙，很少在家，我妈妈是管钱的。"一阵哄笑声后，另一个女生说："我爸爸妈妈都是公务员。""我爸是警察，我妈是公务员。""我爸爸是医生，我妈妈是护士，我们家住在医院专家楼。"……大家你一句我一句聊得热火朝天。

"柳贝贝，你爸爸的工作是不是专门接送你呀？他天天都很准时哟！"有同学逗柳贝贝。"是呀！我爸是无业游民，专门接送我，我妈是专职'煮妇'，专门负责煮饭。"柳贝贝笑着说。

"黄贞，你爸妈是干吗的？你成绩那么好，他们该不会是老师吧？"有同学好奇地问。

黄贞笑着说："是呀，他们是老师。"

柳贝贝很喜欢老师，她听说黄贞的父母都是老师后，感叹地说："黄贞，你真幸福！你爸妈都是老师呀，我好羡慕你！"

黄贞笑了笑，她没有接柳贝贝的话茬，而是转移了话题。但眼尖的柳贝贝还是在黄贞眼中捕捉到了一丝稍纵即逝的不安和不悦，她感觉黄贞不愿意聊这个话题。

三

一天放学后，司机把柳贝贝送回家时，一群家政人员正在她家打扫卫生。第一次见到家里有这么多陌生人，柳贝贝很开心。她一放下书包就挽起袖子，准备帮忙。

"好乖的女孩，不过，不用你帮忙，这是我们的工作，由我们来干就好了。"一位家政阿姨说。

柳贝贝第一次见到这位阿姨，但感觉很眼熟，似曾相识，可是想了想，她确定自己并不认识她，于是笑着说："阿姨，没事的，我学着做一点。"那个阿姨没有再阻拦，只是一边干活一边小心翼翼地注意着柳贝贝的安全。

柳贝贝很喜欢这位阿姨，边擦着桌子边和她聊天。平时的家政工作都是柳贝贝放学前就结束，这天正巧碰上停水耽误了时间。

阿姨也很健谈，对柳贝贝有问必答。柳贝贝细心地擦着旮旯里的灰尘时，阿姨笑着称赞："小姑娘真是细心，虽然生在富贵家庭，却是个劳动能手。"得到表扬后，柳贝贝干劲儿更足了，她乐着说："都是我的同桌教的，她可好了，是我的好榜样，也是我最喜欢的好朋友。"说到同桌黄贞，她突然想到，这位阿姨和黄贞长得好像呀，于是接着说，"阿姨，我的同桌长得和你好像，我刚才就感觉到了。"

"是嘛！我确实有个女儿和你差不多大，她是个很懂事的孩子，学习也很好。"聊到女儿，阿姨一脸欣慰。

"不过，你不是我同桌的妈妈，你们只是长得很像。我同桌说她的父母都是老师，我真羡慕她！我喜欢当老师的父母，我父母每天都太忙了，连见个面都难。"柳贝贝率真地说。

"你同桌真幸福！不过，我女儿也很幸福，我们都以她为荣。"

柳贝贝和这位投缘的阿姨聊得兴高采烈，她们一个说着同桌，一个聊着自己的女儿，漫无边际，却异常融洽。

"阿姨，你女儿在哪所学校呀？我真想认识她。"

阿姨随口说了女儿的学校名称时，柳贝贝欢呼起来："阿姨，我和你女儿在同一所学校哟！真棒！"只是当阿姨接着说出"我女儿黄贞真的和你在同一所学校"时，柳贝贝突然就哑巴了。黄贞明明说她的父母是老师，可是阿姨……刚才阿姨还说她女儿的爸爸是货车司机，难道黄贞骗了大家？

看看阿姨的相貌，联系她前后说的话，柳贝贝尴尬起来，她吞吞吐吐地敷衍几句后，找了个借口匆匆躲开了。而阿姨在柳贝贝离开后，想了好一阵，脸突然就变得惨白起来。

四

柳贝贝知道自己闯祸了，从进教室后，她就不敢正眼看黄贞。

黄贞那天也确实一反常态，她的眼中好像要冒火。她瞥了柳贝贝一眼，从书包里掏出日记簿，啪的一声摔在桌子上，说："这个还给你！我不稀罕。"

柳贝贝吓了一跳，周围的同学也吓了一跳。后桌的男生抬起头来说："怎么啦，发生地震了？吓得我心脏差点没跳出来。"

"没事没事，我们闹着玩。"柳贝贝赶紧替黄贞打圆场。

"谁和你闹着玩？你说没事就没事？恩将仇报的小人！"黄贞气得骂骂咧咧。

被黄贞骂成"小人"，柳贝贝也生气了。她不是故意的，她怎么知道那个阿姨就是黄贞的妈妈，再说了，是黄贞自己先说谎的。于是柳贝贝说："我怎么知道事情会那么巧！我错在哪？怎么就是小人了？你妈妈以你为荣，而你却……"

"那是我的事，和你有关系吗？"黄贞提高了声音。

黄贞是个要强的女孩，虽然父母没有给她创造很好的条件，但她还是非常努力，无论在哪一方面都不想输给班上的同学。黄贞爱自己的父母，也心疼他们，那天课间同学们说到自己的父母是做什么工作的时，她并不想说谎，只是在当时的情形下，她不想被同学看不起所以撒了谎。话说出来后，她就后悔了，可是她没想到，她的话会传到妈妈那里。

当妈妈失望地望着她，用低沉的语气问："黄贞，你是不是觉得爸爸妈妈替别人打工让你丢脸了"时，她愣住了，她很奇怪自己慌乱中撒下的谎怎么就传到了妈妈那里。于是她偷偷跑去问妈妈的工友，了解到她们干活的户主，追查到一切都是柳贝贝在捣鬼时，她气坏了。她真心将柳贝贝当成好朋友，那么尽心尽力地帮助她，没想到柳贝贝却恩将仇报。

"黄贞，我们出去聊聊，我想这事你并不希望大家都知道吧？"柳贝贝顾及黄贞的颜面，不想把事情闹得尽人皆知。

"知道了又怎么样？我现在就大声告诉大家，我——黄贞，我的父母是打工的，妈妈是钟点工，爸爸是货车司机……"黄贞一脸凛然地说。她希望痛痛快快地把真相说出来，自从因为虚荣撒了谎后，她心里并不舒服。

黄贞的话音刚落，教室里突然就安静了，然后有窃窃私语声从各个角落里传出来。

"不会吧？黄贞的父母是打工的？她不是说是老师吗？原来她在骗我们！"

"骗人还当班长，得选柳贝贝当才好。"

"没想到柳贝贝是富二代，很不错哟，低调有内涵。"

各种声音充斥在教室上空，黄贞深深地低下头，柳贝贝却是涨红脸没再吭声。

五

柳贝贝一天之间就成了班上最受欢迎的人，大家说她真实可爱，而黄贞却因为虚荣撒谎被同学排斥，还有同学甚至说她"戴着天真的假面具欺骗了大家的感情"。

黄贞听着流言蜚语没有去争辩，她知道自己错了，但自从说出心里话后，她感觉自己又真实了起来。她不介意别人的排斥，也不想解释什么，开始独来独往。

看着常常独处的黄贞，柳贝贝心里很不是滋味。她没觉得自己做错了什么，但又觉得黄贞被大家排斥是因为自己，矛盾的心情一直起伏不定。她很想像过去一样拉着黄贞的手跑到操场上一起玩，但又没勇气。

看黄贞的表情，柳贝贝知道黄贞还在生自己的气，可是怎么解开这个结呢？柳贝贝也想不出好办法。她还是很喜欢黄贞，还是希望能够和她成为好朋友，可是现在自己把黄贞弄得这般处境，她肯定恨死自己了，怎么办呢？柳贝贝眉头紧蹙。

无奈之下，柳贝贝只好去找老师求助。她把事情的来龙去脉都说了出来，还特意强调："黄贞不是故意要撒谎的，她只是不想被同学看不起，希望老师帮助我们重建友谊。"

老师听完柳贝贝的话后，想了很久。他知道现在学校里的学生常有攀比、拼父母的事情发生，但没想到这事会发生在黄贞身上。

考虑良久，老师决定先找黄贞谈话，然后开一次以"我的父母"为主题的班会，及时遏制学生中不良思想的漫延，并且帮助学生建立正确的人生观。

"所有的劳动者都值得尊敬，因为他们靠自己的双手、自己的智慧在为这个社会创造财富……父母的庇护过不了一生一世，所有的人最后还是得靠自己的努力……"老师的诉说很动情，有的同学听着，禁不住眼眶濡湿。老师帮助大家重新认识了自己的父母，重新审视自己的行为。

老师讲完后，大家各抒己见，纷纷承认了自己以前的偏见和狭隘。黄贞也低头承认了自己的虚荣和不自信。她说："我现在知道了，人的出身无法选择，但人生的路是可以选择的。我的父母很爱我，以我为荣，我也很爱我的父母，以后我会以他们为榜样，因为他们一直都很努力，从来没有停止过奋斗……"

"我原来常抱怨父母，虽然他们挣了很多钱，但很少有时间陪我。我很羡慕别人有父母接送，羡慕别人有一个温馨的家，现在我也理解了父母的苦衷，他们努力挣钱也是希望我过上好日子。可是我还是想告诉我的爸爸妈妈，钱够用就好了，我不希望他们太辛苦。我只希望我们一家人能够常常聚在一起，就算简单地吃个饭，或是一起做点家务，我也觉得是幸福的。我喜欢黄贞的妈妈，也喜欢黄贞，我希望我们还能是好朋友。"柳贝贝的一席话又勾出了很多同学的眼泪。

黄贞更是紧紧拉住柳贝贝的手，哭得稀里哗啦，而彼此的掌心中正传递着股股暖流。

岁月转身，你变成了我

安宁

　　那时候还是个不懂得洁净的小丫头，每每在外面疯跑，带着满身的灰尘回来，都要被母亲胁迫着去澡堂里洗澡。记忆里小城的澡堂，永远是那种氤氲的水汽，昏暗的灯光，潮湿的墙壁，还有女人们在升腾的水雾里絮叨琐碎的家长里短。我每次都不肯安静地洗，坐在池边，把脚放在漂满泡沫的水里，好奇地荡来荡去。看到母亲来逮，便立刻跳上去，扑嗒扑嗒地满地踩着水跑。

　　母亲肩上搭着毛巾，又骂又哄地上来捉我。憋闷的澡堂里，因为这一大一小的追逐，便增了许多的生气。小孩子们哄笑着，女人们也乐得喘不过气来。我到底还是被母亲揪回来，被按在池沿上，蜕皮一样地一下下地搓。我万分沮丧地任凭母亲狠命地揉搓着，常常会盼望着有一滴水自半空里落下来，砸在我的背上，借此逃脱母亲的"酷刑"。

　　但我还是会有别的办法来暗示母亲，洗澡对我而言是件多么令人讨厌的任务。洗完后穿衣的时候，母亲将泥鳅一样滑的我抱到堆满衣服的床上，高声命令我先把毛衣套上，再将线裤穿好。我总是不听她的命令，将衣袜塞到别人的手提袋里去，而后等她边朝我愤怒地吼叫，边在衣服堆里爬上爬下地找。但又想起我会冻着，便先用自己的宽大外套将我团团裹住。我在母亲的棉衣里，如一只可怜的小老鼠，只露着一个小而尖的脑袋，看肌肤细腻红润的母亲，在一群女人里四处打听有没有人看到我的衣服。等到最终在床底下找到的时候，她的嘴已经冻得开始打冷战。但还是会先给我一件件地穿好，这才在阵阵喷嚏里想起自己。回家的路上，自是免不了她的一通责骂，非得喋喋不休地将我全部的恶习重新再数落一遍。无力反抗的我，在母亲的似乎永无止境的唠叨里，常常幻想会变成那翱翔的雄鹰，嗖地飞上高空，再不忍受她言语的折磨。

可惜我如此地瘦弱、胆小、没有气力，出门的时候需要母亲载着，遇到恶猫恶狗，总是惊恐地喊母亲来救命，甚至吃饭的时候都需要母亲来喂。我不过是渺小如一只蚂蚁，而母亲，则是那每日为我遮风挡雨的高大梧桐。所以，我自知试图逃脱她掌心的希望十分渺茫。

后来，我便开始上学，过上了住宿的生活。终于无须在母亲的强迫下做自己不喜欢的事，亦慢慢学会了一个人在茫茫的人海里孤单地撑篙前行。只是那教我如何划船的母亲，却站在岸上离我愈来愈远，直到缩成一个小小的点，再也看不清晰。

许多年后的一个冬天，我回到小城，再次与母亲去公共澡堂里洗澡。只是，这一次，是我载着母亲。一路上，亦是我，在滔滔不绝地说啊说，直说到口干舌燥，一脸倦容。澡堂里还是雾气缭绕，水泥的地面，已换成了光滑的瓷砖，赤脚走在上面，需要十二分的小心。已经收拾妥当的我，回转身看见母亲依然在笨拙地脱着厚重的毛衣，我有些烦，走过去给她帮忙。她坐在乱糟糟的床上，费劲地喘了口粗气，这才在我的搀扶下慢慢下到深及腰部的水池里去。

我将澡巾递给母亲，便自顾自地洗起来。我舒适无比地泡了片刻后，扭头才看到母亲在很艰难地搓背。我叹口气，责备她："为什么不叫我一声？你自己怎么能够洗干净，照你这速度，还不得洗上一天？"啰里啰唆地抱怨她一通后，我干脆坐在池边上，全面给她清洗。但我嘴里依然没有停歇，看她比以前瘦了，便说她不舍得吃好吃的；又说给过你那么多钱，为什么就不肯在家里装个热水器，或者装个浴缸呢，害得自己这大冷的天还要跑到澡堂里来洗。母亲静静听着，偶尔会小声反驳，但总是被我更高声的一句话给压下去了。

泡了足足有三个小时，母亲才心满意足地说："走吧。"我帮她擦净身上的水，又用毛毯将她结实地裹住，这才四处地找她的衣服。看她慢腾腾地始终套不上毛衣，我急了，一把拿过来，很麻利地给她一件件穿好。等将她安顿好，我的双手已是冰凉。我漫不经心地将外套穿上的时候，听见身边的一个小孩子在哇哇地大哭。她年轻的母亲，正一脸烦乱地呵斥着她。眼看着母亲的巴掌就要轻轻落下来了，这俊秀的小丫头却突然停止了哭泣，赤身在一大堆衣服鞋子袜子里跑跳起来。她的母亲逮不着她，气得笑骂开来："死丫头，看等我老了，我也来这样让你烦死！"

我的心，忽然就在这句话里微微地疼痛。再一次想起儿时的自己，也曾经这样无助地被母亲训斥着，亦带给她无边无际的烦恼。而今，岁月终于转身，将宛若小孩子的母亲交到我的手中。我被时间变成一个喋喋不休的女子，而母亲，亦在我一次又一次的牢骚、抱怨、厌烦里，变成许多年前脆弱孤单的我。

笨丫头的幸福

杜智萍

一

我从小就比同龄孩子笨：别的孩子会说话时，我连"爸爸""妈妈"都叫不清楚；别的孩子会唱歌跳舞时，我还趴在地上玩；别的孩子能够思维敏捷地回答父母出的算术题时，我只会咬着指头，一脸迷茫地望着父母……

这些都是妈妈告诉我的，她说："你呀，笨死了，我的聪明怎么一点儿也没有遗传给你呢？"她又是摇头又是叹气，一点儿也不在乎会不会伤害我的自尊心。

她习惯这样对我说话，我也早习惯了她这样的说话方式。从小到大，她总是"笨丫头"长"笨丫头"短地叫我。

为了让妈妈对我好一点儿，我很努力地做个好孩子。做好孩子其实是很苦的，特别是像我这样的笨丫头，想讨得她的欢心，只能比其他同龄孩子付出更多的努力。

二

我的笨，妈妈看在眼里，急在心中。她开始信奉"笨鸟先飞"的道理。

在我刚上幼儿园时，她就送我去少年宫学舞蹈。爸爸反对说："孩子这么小，会玩就行了，学那么多干吗呢？"可妈妈态度坚决，她说："笨鸟就得先飞，要不，以后她怎么在社会上混？"

争辩的结果是爸爸落败。他安慰我说："安心，那你就好好学吧，其实跳舞也是玩，很多孩子想学还学不成呢。"

每天傍晚，妈妈把我从幼儿园接出来就直接送去少年宫。

我在舞蹈室里跟着老师练各种动作。她就在教室外的走廊上跟着学，学得比我认真。老师很反对她这样，但她振振有词："我丫头很笨的，如果我不学会了，回家谁指导她练习呀？"

我确实很笨，在少年宫有老师教，回家后有她指导练习，学了半年，我还是没学会几个标准的动作。倒是她，舞越跳越好。

爸爸说："你们俩到底是谁在学跳舞呀？"

她有些泄气，但还是很满意地说："至少我学会了，钱没白扔。"

我知道家里并不宽裕，但她宁愿自己不买新衣服，不买化妆品，也要送我去各种学习班。

半年后，我被舞蹈老师退回来了，她又马不停蹄地送我去学画画，后来又学过围棋、古筝，每一次都是无果而终。最后一次是在才艺馆学编织，才一个星期，那个胖胖的女老师就很不客气地把我退回了。妈妈问她理由，她干脆地说："她是我见过的最笨的学生，穿个线一个星期都学不会，我都快疯了。"妈妈听后，脸一阵红一阵白，她很努力地隐忍，但最后还是很大声地回击："我的笨丫头哪笨了？她只是不喜欢编织。"说完，她气呼呼地拉着我离开了。

回到家，她厉声质问我："笨丫头，你到底喜欢什么，为什么你什么都学不会？"她眼中冒着怒火。

我吓得浑身颤抖，缩在墙角止不住地流泪。刚下班回家的爸爸看见我难过的样子，连忙把我抱在怀里安抚说："妈妈是为你好。你看，妈妈每天要上班，还要跟你一起学习，她也很辛苦。"

"我讨厌妈妈，讨厌学习。"我哭着说。不知哪来的勇气，我竟说出了憋在心里很久的话。

"好！你竟然讨厌我。好呀，讨厌我！今后你的事我再也不管了。你知不知道，因为你的笨，我挨过多少人的白眼？"她愤愤地大吼。

我无意间瞥见，她的脸颊一片潮湿。

"你总是嫌我笨，我不要你管！"我大声喊叫着。

她隐忍的泪终是无声滑落。

三

从那以后，她真不管我了，也不再送我去任何特长班。

刚开始，我还很高兴地对爸爸说："老爸，我终于解放了。"

爸爸摸着我的头低语："安心，你知道你这样，妈妈很伤心吗？"

我不管，谁让她对我那么凶，班上同学的妈妈都不会像她那样。

平时都是她帮我梳辫子，她不管我后自己又梳不成，同学们常笑我的头发像鸡窝。爸爸也不会，他帮不了忙。爸爸让她帮我梳辫子，她却对我说过的话耿耿于怀："我只给我的笨丫头梳辫子，她又不愿意当我女儿，我干吗要帮她呢？"

"我不用你帮。"我倔强地说。最后只得央求爸爸带我去理发店把长发剪得短短的。这样，我自己就可以打理，再也不用求她帮忙。

她还不帮我洗衣服，爸爸工作又忙，我只好自己学着洗。第一次洗衣服时，冰冷刺骨的水把我的手冻得红肿，我一边学着她平时洗衣服的动作一边流泪。我觉得她比所谓的后妈还狠毒，觉得自己比卖火柴的小女孩还可怜。但我又想，无论如何，我都要学会自己照顾好自己，不能让她笑话我。

她不爱我了，至少我要学会爱自己。

煮饭是我学得最艰难的一件事。爸爸手把手地教我，开始时，不是水加多了饭煮得太烂，就是水加少了饭太硬。经过一次次尝试，我终于知道一小杯米得加多少水。在他的帮助下，我还学会了炒鸡蛋、烧青菜、炖汤……

在我和她冷战的七个月里，我学会了所有的家务，学会了使用各类电器。常言道"穷人的孩子早当家"，我这是"没妈妈爱的孩子早成熟"。我像个小家庭主妇，可以轻松自如地打理一切。

爸爸心疼地问我："辛不辛苦？"

我笑着说："不会，笨丫头也会长大的。"眼中却闪着泪花。

我知道，从小，妈妈就嫌我笨，嫌我给她丢面子。

爸爸抱着我，语重心长地说："安心，你并不理解妈妈的本意，其实她很爱你。"

"在她眼中，我永远只是一个笨丫头，一个一无是处的笨孩子，不是吗？但她忘记了，我会长大，我会用心学的。"我仍旧不以为然。"她爱我？她只是爱她自己吧！她嫌我笨，她从来都不曾爱过我。"

四

我很努力地学习，小学毕业时，我每门功课都达到了优。

上了初中，我更是一分钟也不敢浪费。我知道自己笨，只有比其他人更刻苦，我才能取得想要的成绩。

我的脑海中时常浮现出她看我时冷漠和不屑的眼神。想起一次就心痛一次，却也像打了一次强心剂，我更加斗志昂扬地学习。

除了认真上课、写作业，我还看了大量的课外书。书看多了，我也萌生出自己写的念头，并且付诸实际行动。我在偷偷地写童话故事。因为写故事的需要，我更大范围地阅读课外读物，上课时，更是聚精会神。

老师常常表扬我，但我在心底更希望得到妈妈的肯定。

而她面对我满分的卷子，总是一瞥而过，从来没有夸过一声好。

有一次，爸爸小声提醒她表扬我时，她却大声讽刺："不就一个满分，尾巴已经翘了，再表扬还不翘上天。笨丫头难道还能变成金凤凰？"

听着她尖刻的话语，我禁不住泪流满面。作为母亲，她该这样吝啬她的称赞吗？

我想，她真是一个狠心的母亲。我在心中暗暗告诫自己，一定要更加努力地学习，一定要做出一点成绩来，让她对我刮目相看。

我写的中篇童话故事在省征文比赛中获得了中学组第一名。

颁奖那天，爸爸抽不出空陪我一起去。我本想告诉她，但想想还是算了，反正她从来不会关心我，也不在乎我的成绩。

站在高高的领奖台上，听着台下雷鸣般的掌声，我的心底竟涌起阵阵酸涩。我的努力却得不到她的称赞，在她心中，我永远只是一个笨丫头。这样想着，泪水模糊了我的双眼。

泪眼蒙眬中，我突然看到她微笑着站在密密匝匝的人群里，正为我鼓掌。

难道我看错了？她也会关心我？在乎我取得的成绩？

那天晚上，她煮了很多我爱吃的菜。我回去时，她还在厨房里忙碌。透过玻璃门，在氤氲的蒸汽中，我看着她微胖的背影，心里一片温润。在我愣神时，她从厨房出来了，额头上冒着汗。我望着她，她望着我，仿佛看进了彼此的心里。我把获奖证书递给她时，她整了整额头的刘海儿，说："没想到，我的笨丫头也有给妈妈长脸的时候……"她的眼睛亮亮的，有泪在涌动。

爸爸从房间里出来，握住我的手说："其实，你妈是故意那样'残酷'地对你，她只是希望你能早些独立。看着你对她的误会，好多次，我都想告诉你真相，可她不让……"瞬间，我明白了：原来，她所有的严厉，所有吝啬的爱都是为我好，她只是希望自己的笨丫头能够学会坚强。她只是希望笨丫头能够多才多艺、学有所成……

我想起小时候，她帮我梳头，教我认字，带我去公园玩；在风雨里，她艰难地骑着单车送我去各种特长班的情形……她认真的样子，单薄的背影，都那么深地印在我记忆的天幕。

那些幸福，一直都围绕在笨丫头的身边。

我在散场后等你

晴儿

我一直都不喜欢母亲，总觉得她是世界上最忙碌的人。我记得年少的时候，小城里放电影或者有戏班子来，她从来都不会有时间陪我去。她总是把我送到电影院门口，为我买好票，而后便逆着来陪孩子一起看电影的家长往外走。偶尔回头，看到我还站在那里，不满地看着她的背影，便会一挥手，重复那句话："我在散场后等你。"是的，她唯一能够做到的，就是在散场后的电影院门口，等我从人群里挤出来，而后用自行车载着我回家。此外，她再也不肯为我付出更多的时间。

那年，小城里来了难得一见的木偶戏演出团，表演的是我最喜欢的安徒生的《睡美人》。为了吸引观众，剧院推出亲子特价票，只要有父母陪着，门票一律打七折。周围的同学几乎都有父母相陪，唯独我，在用尽了软磨硬泡的办法后，依然无法将她说动。她照例是淡淡的一句话："妈妈忙，我给你钱，你自己去看吧，散场后我在门口的红色柱子旁等你。"

我终于没有告诉她，这是老师布置的任务，需要写一篇与父母去看木偶戏的观后感，而且文章一定要包括与父母讨论后得出的结论。父亲去世后，她反而愈加地忙，忙着工作，忙着做饭洗衣，忙着照顾生病的姥姥；或者，忙着为我找继父。那晚她送我去剧院的路上，有一个笑起来很难看的女人拦住她，说："又有一个合适的对象，有没有时间见上一面？"她看看一旁神情冷淡的我，为难地笑笑，说："回头再说吧！"这句话，让我最终放弃了在剧院门口再一次劝她进去的想法。她有她的亲要相，我也有我的戏要看，彼此互不干涉，各忙各的吧。

她在剧院门口为我买了一个烫手的红薯，说："好好看，看完给妈妈讲讲。"我接过她手中的票，不睬她，随了人流便进了影院，任她站在那里高喊着："安安，红薯！"那场戏，我看得漫不经心。我的左边坐着班里最骄傲的"白天鹅"苏小婉，她扎着牛气冲天的小辫，跟妈妈分享着一袋香喷喷的爆米花。偶尔，她还会撒娇地坐到妈妈的腿上去，高昂着头，用一缕余光得意地瞥着我。而我的右边，则是"小霸王"陈铠泽，他几乎一整场戏都与他的爸爸喋喋不休地讨论着。我知道他那只是故作姿态，谁不知道他的作文是全班最烂的呢？

可是，又有谁在意苏小婉是在冲我炫耀，陈铠泽是为了打击作文每次都得最高分的我呢？我只知道，周围的同学都有父母陪着，而我却是孤零零地坐在靠近走廊的位置上，冷冰冰地接受着外人同情的目光。

睡美人终于被王子吻醒的时候，全场的观众都站起来欢呼。陈铠泽甚至张扬地站到了座位上，用放肆的踩踏声吸引周围人的注意。谁都明白，他不过是为了让人看到他威风的老爸那制服上耀眼的几道红杠罢了。而苏小婉则装作不在意地大声问我："嘿，安安，你妈妈怎么没和你坐一起啊？"

我在这样的喧闹里，悄无声息地挤出人群，出了剧院。我宁肯完不成老师布置的作业，也不再要承受这样鲜明的挑衅和嘲弄。

初春的夜晚，依然很冷，我只轻轻推了下门，便又立刻关上了，看看墙上的时钟，距离结束和演员谢幕还有十几分钟。而母亲或许还没有相完她的亲吧。空荡荡的厅堂处，只有两个女人在八卦别人的家长里短。片刻后，其中一个出去走了一圈，回来后便淡淡地说了一句：那个棉厂的女工又站在风道里陪她的女儿看戏来了。而另一个则边织着毛衣边不屑地回道："听说她丈夫去世了，干吗不找个有钱的男人嫁了，这样也省得连一张电影票都不舍得为自己花了。"

我的心突然剧烈地疼痛起来。我一步步艰难地朝门口走过去，慢慢地掀开厚厚的棉布帘。风呼呼地灌进我的衣服，借着门口微弱的路灯，我看见她，站在剧院的一根柱子后面，蜷缩着身体，不住地踱来踱去。风吹乱了她的头发，掀翻了她的衣领，甚至几欲将瘦弱的她刮倒在地。

她原来一直都在骗我，所有忙碌的理由，都只是为了能够省下一张票来，哪怕这点钱只能为我买一支笔。而我，只顾抱怨她，却忘了其实她一直都在用谎言小心翼翼地维护着我的自尊。

我流着泪朝她走过去，她看见我，即刻迎上来，说："戏一定很好看，瞧，你脸上现在还残留着眼泪呢。"我抱住她，将剩下的泪水全都擦到她的衣服上。她拍着我的肩膀，说："别哭，你看你的红薯还在我怀里，热着呢。"

我坐在她的后车座上，吃着香甜的红薯，第一次觉得，她的脊背，原本是一片最温暖的向阳山坡，只是我走了那么久，才从背阴处看到那一片温情的阳光。

时光从不说谎

安一朗

一

拿到成绩册后,我看一眼分数就乐了——数学 59 分。我知道父母看见这分数,定会大发雷霆。果然,看完我的成绩册后,刚刚还眉开眼笑的父母瞬间笑容凝固,真是翻脸比翻书还快。

老爸瞪起眼,盯着我的眼睛。我心虚地低下头,不敢和他对视。老妈则坐在旁边,禁不住开始抽噎,还哽咽着说:"我这半年算是白辛苦了,天天帮你煮饭、洗衣服,天天照顾你,你就用这样的分数回报我……"妈妈就是这样,只要她觉得委屈了,三句话没说完,泪水就像断了线的珠子。

"知道心虚啦?早干吗去了,知道自己数学差就得下苦功,你下了吗?"老爸喋喋不休地数落我。我忍着,拼命忍着,忍无可忍时,我大声说:"我的语文不还是第一名吗?为什么不提语文,只针对数学!"

我的一声吼,倒也暂时镇住了父母。他们不可思议地看着我,平时我都是温顺的,从不会顶撞父母。他们一直都把我当成不懂事的孩子,以为我还会像过去一样，任他们数落，然后含着泪向他们保证，以后一定加强数学的学习。可是我长大了，我也是有自尊的，他们怎可这样数落我？

"你们知道现在的数学题有多难吗？"我委屈地争辩，原本想挤出几滴眼泪来博取同情，但折腾了半天，硬是没挤出一滴泪，只好在表情上下功夫，有难过，有悔恨，还要有对抗。

老爸见我这副表情，静默了片刻后说："我们不是要骂你，但你居然考不及格，你说，如果你是父母，你的孩子考不及格，你不生气吗？""我保证不生气，不及格就帮孩子一起找原因，然后找出解决问题的方法，一味地责怪是最没用处的。"我见老爸的情绪有所缓和，赶紧说。"说得轻松，你这是在暗示我们不会当父母吗？还是想告诉我们父母当得不合格？可怜天下父母心，你以后就知道了。"老爸无奈地摇摇头。

二

我的数学向来比较差，但考个及格应该是小事一桩，但我偏偏不想考及格。想想这半年来，自从国家宣布可以生二胎后，他们整天都在干吗呢？我都上初中了，他们还想生二胎，更可怕的是，他们想帮我生个弟弟。看他们神神秘秘的样子，我就生气。

以前他们从不承认自己有重男轻女的思想，还曾说"生男生女一个样"。事实胜于雄辩，他们用实际行动告诉我，因为我是女娃，所以他们还想再生个儿子。说什么女儿是妈妈的小棉袄，是爸爸前世的小情人……全是骗人的假话。

看着小区里那些中年妈妈我就来气，她们身后跟着自己的大娃，小心翼翼地保护着自己肚子里的宝贝。孩子狂奔、爬树、撒野，她们不闻不问，也不担心孩子会不会摔倒，她们用心感受心律的跳动，享受清风拂面的凉爽，沉溺在又一次当妈妈的美妙遐想中。

父母曾在吃晚饭时主动提起过生二胎的这个话题，不过，我没等他们说完便直接拒绝了。我说："这事不用商量，如果是想征求我的意见，我不支持生，如果你们坚持要生，我也没意见，不过，我肯定很难爱上我的弟弟或是妹妹。"

我的态度很明确，我不支持他们生二胎。也可以说我自私吧，老二的出生必然会把他们的爱全都抢走，我对于他们来说已经无足轻重。

"我们觉得你太孤单了，如果有个弟弟或是妹妹，你以后有什么事可以有人商量。"妈妈试图说服我。"是呀，国家的政策，我们得响应和支持。"老爸打着官腔。可惜这是在家里，而我也不是他的手下，不必把他当成领导，于是反驳说："你们想生就生吧，既然决定了，不必要假惺惺地搞什么形式来征求我的意见。我的意见有用吗？我不支持你们生，但你们不还是想生？那就生吧，就当我不存在好了。"

这半年多来，他们只想着生二胎的事，再不像过去一样对我好。如果老二真出生了，他们还会爱我的吗？实在想不出其他办法，我只好出此下策，把数学故意考砸，想引起他们的重视。

三

父母果然急了。老妈首先到房间找我，表示她的关心。她事无巨细地问东问西，一副慈爱母亲的样子。其实老妈原来一直是这样的，但自从他们想生二胎后，她整天忙着调养身体，忙着寻药问医，不就想生个儿子？她在无意中把我忽略了。

老妈走后，老爸又进来和我沟通。我的一声吼看来效果不错，向来不主动道歉的他，居然第一句话就是表达他的歉意，说他忽略了我已经长大，是个思想独立的大人了，他骂我虽然是为我好，但方法错误，希望我能原谅他的简单粗暴。

我看着他，无所谓地往床上一躺，说："你们以前不是这样的，但现在你们确实是无视我的存在，不尊重我的意见，对我已经不如从前有耐心。我知道你们想生二胎，特别是想生个儿子，可是我怎么办？我是不是很多余？我是你们的负担吗？"

我把所有埋藏在心里的担心全都宣泄出来，我已经快承受不住了，这半年来，我总是忧心忡忡，恍惚迷惑，父母真的不爱我了吗？他们就那么想要个儿子吗？我一直努力学习，就连最讨厌的数学我也不放弃。我得到了很多荣誉，他们曾经以我为荣，可是现在一切都变了。班上很多同学都在讨论父母生二胎的事，大家的意见基本上都是反对，毕竟老二的到来，年纪相差那么多，得宠是必然的，我们在家里失去地位也是必然的。

"天地良心，我们怎么会不爱你？你一直是让我们骄傲的女儿，怎么会多余？你想得太悲观了。"老爸急切地辩解。可能是我的话说得比较严重，他很认真地看着我，还坐在床沿，像小时候一样拍着我的手。

"我也得承认，这半年来，我没有认真帮你辅导数学，我还以为你自己能够搞定。我向你保证，以后再忙，我都不会忽略你的学习，特别是数学。就像你说的，我们得一起找出解决问题的方法……"老爸诚恳地说。

他的真诚我能感知，他眼中的柔情依旧，就像过去一样。我看着他，那些梗塞在心里的怨恨渐渐消融。

四

我没有把故意考砸数学的事告诉他们，这是我的秘密，谁也不能说。但经过这么一闹，父母对我倒是上心了。

老妈对我亦母亦友，她悄悄告诉了我很多女孩成长中要注意的事，她也和我分享了她的少女时代，她曾经喜欢过的影视明星。她陪我睡时，我枕着她的手，轻声问她："妈，你是不是真的很想再生个孩子，特别是想生个男孩？"在黑暗中，她贴着我的身体，用另一只手环抱着我，说："我能说真话吗？""可以，我想听真话。"我说，心里莫名有些失落。

"生二胎，确实是我和你爸的想法。过几年，你要读大学了，你走后，家里就只剩我和你爸，如果有个小的在家，我们就会忙碌，日子也会更充实。你长大后，会有自己的朋友，以后也会有男朋友，会结婚嫁人，会有自己全新的生活，但我们不可能一辈子跟着你……如果有一天，我们离开了，在这个世界上，除了你的丈夫、孩子外，还有一个和你同父同母的至亲亲人，希望是个男孩，是因为男孩更能保护姐姐……"

听着妈妈的话，在黑暗中，我泪湿眼眶。我从来没有想过，如果有一天，我离开家到外地读书或是工作后，他们会有多孤单？女儿再孝顺，也不可能天天陪伴在他们身边。突然想起很多电视上看见过的画面，那些老人在晚年有多寂寞，我怎么可以自私地觉得他们要了二胎就是本来属于我的爱被另一个人霸占了呢？我的抗拒全都是因为我只为自己着想。

老爸的工作一直很忙，但是后来，他再忙也要抽出时间陪我运动，陪我聊天。自从数学考不及格后，他也反省了自己的过失，一有空就陪我研究奥数题，这是数学得高分的法宝。

看他这样尽心尽力，有一天我问他："爸，你的改变这么大，是不是有什么阴谋呢？"

老爸拍拍我的脑袋，笑着说："傻丫头，你爸还能有什么阴谋呢？当爹的对自己女儿好，不应该吗？"

"应该是应该，不过我觉得嘛，你还是很期待再生一个，对吗？"我直截了当地问他。

老爸的脸涨得绯红，他用探寻的目光望着我，希望得到一个答案。我看了他一眼，很肯定地说："我想明白了，生二胎是你们自己的事，你们的人生你们自己做主，无论弟弟还是妹妹，我都欢迎。我相信时光从不说谎，你们过去、现在爱我，以后对我的爱也不会因为老二的到来而改变。"

"对，时光从不说谎，我们对你的爱永远不会改变，因为我们是一家人。"爸爸掷地有声地说，他坚毅的目光给了我满满的信念。

弟弟,是天使派来陪我的

罗光太

一

我五岁那年的春天,弟弟在一声啼哭中来到了这个世界。

爸爸很高兴,他的喜欢毫无掩饰地挂在脸上。自从我三岁时患上小儿麻痹症后,他就没有展开过笑容。

当同龄孩子在父母面前唱歌、跳舞、念儿歌时,我却只能躺在床上,仰望着头顶的天花板数格子。或许那时我就已经明白自己和其他孩子是不同的吧,语言并无障碍的我却越来越不想开口。看见父母紧皱的眉头,我心里也很难过。

弟弟的到来改变了这一切,沉闷的家里终于有了笑声。

弟弟三岁时,已经知道帮我推轮椅了。

孤单的童年,因为有了弟弟的陪伴,我开始变得爱笑起来。他会把他的快乐和我一起分享。

记得有一次,妈妈因为某些事情骂了我,我低着头,没作声,他却像个小男子汉一样挡在我面前说:"妈妈,你不能骂姐姐,姐姐最好了。"

家里经济的拮据我是明白的,为了给我治病,花了不少钱。爸爸每天早出晚归,一人打两份工,妈妈也不得闲,除了上班外,还要照顾我们两个。看着忙碌的他们,我心里很难过,我知道,是我拖累了这个家,要不,弟弟会有更幸福的童年。

弟弟四岁时被送进了附近的幼儿园,家里又开始只有我一个人。我总是坐在家门口,一整天一整天地等他回来。

"姐姐,我很想你!"每天放学回来,他都会这样告诉我,然后就欢天喜地把幼儿园里学会的东西告诉我,把老师讲过的故事讲给我听,还教我他学会的儿歌。

我跟着弟弟学,看着他认真的样子心里像是灌了蜜。我也在向往着有一天能够到幼儿园看看,我想,那里应该是一个童话般的世界。

二

在当校长的爷爷的帮助下,我十岁那年才进了小学。我是班上年纪最大的学生,很多孩子都用好奇的眼光打量我,把我当成怪物。

其实,我早就习惯了这种目光,但弟弟不依,请求爷爷一定要保护好我。

爷爷摸着弟弟的头说:"有你这个小男子汉保护,你姐姐以后不会被欺负的。"

弟弟说,他长大后,要天天陪在我身边,不会让任何人欺负我。望着他坚毅的目光,我高兴得流了泪。

爸爸一直不愿意让别人知道他有一个患小儿麻痹的女儿,妈妈也不愿意带我出门,只有弟弟,去哪儿玩都要推着我一起去。弟弟说,要和我一起去玩才有意思。

爸爸脸上的愠色我明白,我是让他操心又让他抬不起头来的负担。他只是很无奈地长吁短叹。

自从有了弟弟以后,我的生活就不再寂寞了。

邻居家的孩子从来不和我玩，他们叫我"残疾人"，还用石子扔我，把我从轮椅上推下来。每次都是弟弟，为了我和他们吵架，跑去叫来奶奶把我抱回轮椅上。

有一次，为了帮我，他的额头被一个孩子用石子砸出了血。他哭着去追他们，把他们赶跑，回来后却是先问我痛不痛。

妈妈下班回家后看见了，发疯似的抱着弟弟去医院处理伤口。他却在妈妈的怀里说："姐姐也被他们扔了石子。"

弟弟上一年级时，我已经上三年级了。我比弟弟大五岁，却一直被他照顾着、呵护着。他学着妈妈的样子，每天晚上睡觉前都要帮我做腿部按摩。因为长期坐在轮椅上，我的腿部肌肉严重萎缩，医生建议我加强锻炼，要不，这辈子就休想站起来了。

其实我很想站起来自己走路，但浑身使不上劲，站着就会摔倒。

弟弟小小的身体就充当了我的拐杖。他每天搀扶着我一小步一小步地挪动。走不了几步，我就汗流满面，全身酸软，还大口大口地喘着粗气。弟弟也一样，浑身都是汗水，但他却笑着对我说："姐姐，你好棒！"

我轻轻帮他拭去脸上的汗珠，心疼地说："弟弟，辛苦你了。"

他笑着望着我，伸出手摸摸我的脸。

这样的练习，坚持了好几年，我终于不用再坐在轮椅了，但走起路来依旧一瘸一拐。

弟弟像个守护天使一样，几年如一日守护在我的身边，从不让别人欺负我。就连老师都说，有这样的弟弟是我一生的幸福。

三

我上初一时，已经是十六岁的大姑娘了，知道自己和别人的差异，心里异常自卑。同学们成群结队在操场上玩耍，而我却只能坐在靠窗的位置上远远地观望，更多时候，我习惯一个人捧着一本书看。

心里是幽怨的，我恨老天对我的不公。虽然我看过很多像张海迪那样身残志坚的故事，但事情放在自己身上时，我还是会难过。

有一段日子，我的情绪特别低落，连对弟弟说话也是充满怨恨和攻击性的。他疑惑地望着我，不知所措，不知自己到底做错了什么惹我生气。

他问我，我不说，只是叫他以后别烦我。

只有我自己明白发生了什么事，其实也没什么，只是一个女同学奚落我，说："成绩再好又怎么样？你这样的瘸子就算考上大学也难找到工作。"

类似的话，我从小到大听得多了，但那一次，我却是入心了，而且久久地放在心中。我无心学习，做什么事都觉得是无用功，觉得自己是个废物，是家里的累赘，我甚至想到过死。

我没想到，弟弟居然会跟踪我，远远地跟在我身后。当我徘徊在河岸边时，他流着泪跑过来抱着我。

那一次，我是想跳下河了结一切的，但又那么不甘心，那么犹豫。

弟弟哭着说："姐姐，你还有我……"

望着泪流满面的弟弟，望着他眼中的焦虑和渴望，我终于哭出声来，压抑太久了，我以为我很坚强，但我还是会被伤害。

从那以后，弟弟更加小心翼翼地保护我。小小年纪的他，却也知道去讨好我身边的同学，乞求他们不要冷落我。他热情地邀请他们到我家玩，告诉他们我有一副好嗓子，会唱很多好听的歌，还把自己收藏的周杰伦的卡片赠送给他们。

弟弟的真诚和善良打动了他们。

那个说过我成绩再好也找不到工作的女同学向我道歉，她说："你有一个那么善良的弟弟，真是幸福！他的所作所为让我汗颜。对不起！我差一点就害了你……"

我已经释怀，不再介意了，轻轻握着她伸过来的手说："都过去了，谢谢你！我确实很开心有个弟弟，他是天使派来陪我的。"

我还记得，弟弟很小的时候说过的一句话，他说："只要我对别人好，别人就会对我姐姐好。"

四

班里要开元旦晚会，我在家犹豫着到底要不要去，弟弟却一个劲儿地鼓励我去。

在弟弟的支持下，我穿着他为我挑选的新衣服，欣然去了。那天晚上，气氛很好，大家又唱又跳，玩得不亦乐乎，唯有我一个人孤单地坐在角落里。

突然文体委员跑过来邀请我上去表演一个节目。我开始挺害羞，不敢上去。"下面有请我姐姐唱《隐形的翅膀》，谢谢大家！"在大家的掌声中，我才发现，原来弟弟也在我们教室里。他冲着我笑，还大声叫着："姐姐加油！姐姐加油！"

我第一次当着众人的面唱起了歌。伴着悠扬的旋律，我轻轻唱道："每一次，都在徘徊孤单中坚强；每一次，就算很受伤也不闪泪光……"

我深情地唱着，阵阵掌声让我热泪盈眶。

弟弟也跑上来和我一起唱。他牵着我的手，一直望着我笑。

"姐姐好棒！"他伏在我耳边轻声说。我望着弟弟的眼睛，心里漾起阵阵暖流。

回家的路上，望着满天闪烁的星星，我又想起弟弟曾经对我说过的一句话："姐姐，我不是天使，我只是天使派来陪你的。"我旧话重提，一直在笑。

"哪有什么天使呀，那时候小，不懂事。呵呵……"弟弟害羞地说。我没再说话，但心里一直洋溢着快乐。

我知道，弟弟不是天使，他只是天使派来陪我的，他就像天边那颗最亮的星辰，会一直闪烁在我生命的上空。

无声的天籁

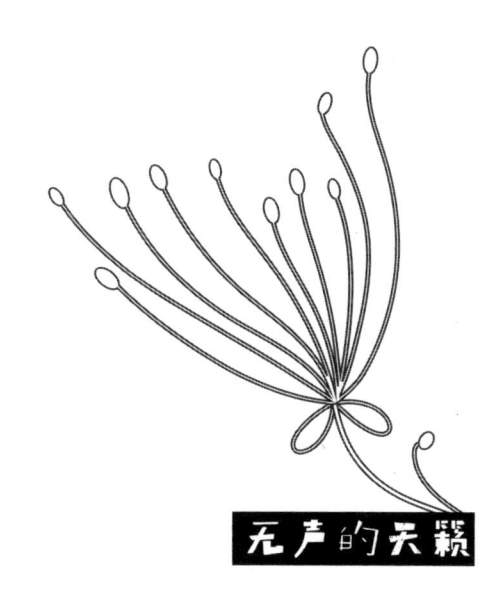

我知道我的行为伤害了爸爸柔软的心,他只是想关心我、保护我,但我却用一种对立的强硬姿态狠狠地拒绝了。我对他的嫌弃,或许他也懂吧,但他还是视我为珍宝。他的爱是一曲无声的天籁,但我一直没有在乎……想着,愧疚不已的我更是止不住泪流满面。

外 婆

徐玲

外婆住院了，急性胆结石，医生摘除了她的胆囊。虽是个小手术，但对于八十二岁高龄的外婆来说，却是个不小的考验。还好，手术进行得很顺利，外婆的情况也比较乐观。

手术当天下午，我去了医院。外婆已经从手术室回到了病房。她躺在病床上，头发蓬乱，脸色苍白，虚弱得几乎说不动话。看见我，便费力地伸出一只手指了指床边柜子上的水果，说了个"吃"字。

我在床沿上坐下来，轻轻掀开盖在外婆身上的棉被，看见她那被厚厚的纱布紧紧包裹着的肚皮，不免心酸。

"疼吗？"我抚摸着外婆的手心疼地问。

外婆轻轻地摇头。那一刻，我发现因为没有戴假牙，外婆的嘴巴明显比平时瘪，整张脸看上去很老，脸上的皱纹很密很深，叫人不忍细看。

在病房里待了一会儿，妈妈叫我回去，说晚上由她来陪外婆。我看着外婆瘦弱的面颊和无力的眼神，突发奇想地说："今晚让我来陪外婆吧。"

妈妈不同意，外婆更是朝我摆手，我却执意留下了。

由于医院里床位紧张，外婆住的是多人病房。病房里共有四位病人，都是上了年纪的老太太，但只有外婆一个人是动了手术的，也是身体最虚弱的。其他病人没有家属陪夜，我同时充当了大家的临时家属，一会儿帮这个打水，一会儿帮那个端饭。

该伺候外婆吃晚饭了。我到楼下买了半杯粥，然后把外婆的床摇起来一点，再用干净的毛巾在她的颈下围上一圈，轻声对她说："我来喂你。"

外婆一脸尴尬，不点头也不摇头。直等我将第一勺温暖的薄粥触及她的唇，她才听话地嗫着嘴巴去吸，那样子就像一个婴儿。忽然间，我的眼前仿佛出现了儿时外婆喂我吃东西的情景。也一定是这样啊，一个小心地喂，一个幸福地吃。而如今，看着外婆满是褶皱不再年轻的面颊，看着她日渐混浊的双眼，还有那再也找不出黑丝的满头银发，我的心隐隐作痛。

外婆吃了几口便没了胃口，示意我去吃晚饭。为了让外婆高兴，我买了一大盒快餐，在她的注视下吃得津津有味。当我把空饭盒扬给外婆看时，她笑了，露出光秃秃的牙龈。我知道，她看着我吃比她自己吃还要高兴。

夜深了，我才想起去租床。可因为去得太晚，已经没有折叠床了。在我的一再请求下，一位好心的护士为我找到了一只断了腿的折叠床，不仅免费给我用，还再三嘱咐我睡的时候要格外小心。

我把折叠床在紧挨外婆病床的小块地方撑起来，试着坐了坐，发现还是可以将就的。半夜我睡得正香，忽然听见外婆的呻吟声。我慌忙坐起来，"啪"的一声，床塌了，我重重地摔在地上，屁股生疼。外婆被吓了一跳，探着头问我疼不疼。我强忍住疼痛站起来说："不疼，一点儿都不疼。"

"刚刚我好像听见你在哼，"我反过来问她，"你的伤口是不是很疼？"

"没有啊。"外婆回答得很干脆，"我不疼，你睡吧。"

我把床重新整理好，战战兢兢地躺下去。这回我不敢合眼了，我怕睡着了以后不知道外婆的状况。我竖起耳朵，随时准备捕捉外婆的呻吟，好知道她到底疼不疼。然而直到窗外发白，我都没有听见外婆发出任何声音，只有旁边几个老太太此起彼伏的鼾声。我知道外婆一直没有睡着，为了不影响我睡觉，她拼命忍住疼痛。

我的眼泪在眼眶里打转。

父爱是曲无声的天籁

冠一豸

一

我临出门去学校时,爸爸又像往常一样站在房门前指手画脚地"叮嘱"我。

我一边穿鞋一边不耐烦地应:"好啦!我知道了。真是啰唆!"然后头也不回地往外走,任身后的老爸干瞪眼。

不记得是从什么时候开始,我已经不大愿意让别人知道他是我爸爸。小时候觉得与众不同的爸爸很酷,而且他有迷人的微笑,从来不会对我凶。那时候妈妈还在,她常常对我说:"你爸爸是这个世界上最好的人,而且长得那么帅,真幸运,他居然被我遇上了。"

印象中的妈妈很美,有长长的黑色卷发,高挑的个头,喜欢穿五颜六色的漂亮衣服、长到脚踝的棉布裙。但现在,我只能在相册中看见妈妈灿笑如花的容颜,她早在我六岁那年的一场车祸中丧生了。

那场车祸也毁了爸爸的英俊相貌,在他脸上留下了一道蚯蚓般长长的伤疤，从眉梢一直延至嘴角，看着挺吓人的。也可能就是这道伤疤吧，让高大魁梧的他走在人群中显得那么突兀，从别人惊骇的眼神中，我能感觉到那种害怕。别人看爸爸牵着我的手时，那眼神总是惊讶中夹带着怜悯。我讨厌这种被人可怜的滋味，仿佛我是一只落入"怪兽"手中的小猫。

爸爸是天生聋哑，他的世界里从来没有任何声音。妈妈生前是特殊学校的手语老师，唇语也相当厉害，她可以戴上耳塞，仅看别人说话时嘴唇的颤动就能知道对方在说什么。我还知道一件事：妈妈曾经是爸爸的唇语老师，或许他们是在那时候互相爱上对方的吧。

二

我很幸运，我是一个健全的女孩儿，而且遗传了爸爸妈妈的所有优点：外形出众，嗓音清亮，个头高挑。从小到大，我都是同龄人中最显眼的，因为个子高，也因为漂亮。

爸爸是学油画出身的作家，他平时都是在家里工作。妈妈生前专门为爸爸准备了一间工作室，爸爸就在里面画画、写作。小时候，我常常陪着爸爸在里面看书，跟他学画画。妈妈原来是学舞蹈的，毕业前夕，脚受了重伤，她不能继续跳舞了，就改行当老师。

如果不是那场车祸，我想我们家会是非常幸福的。但人生没有如果，已经发生了的事情无法改变。那场车祸带走了妈妈，改变了爸爸的相貌，也改变了爸爸的性格。他变得胆小，变得"啰唆"，变得黏人，好像我一出门就不会回来似的，每次都要"嘱咐"半天，交代我这，提醒我那，让人不胜其烦。

我理解爸爸是担心我，但我已经不是小孩子了，什么事不会自己处理呀？可爸爸不理解。如果可以把我捧在手掌心上，我猜想爸爸一定会这样做的。可能是车祸后遗症吧，他总是有许多的担心，整天忧心忡忡的，我想要独立，他却处处与我作对。真怀念有妈妈在的日子，如果她还在，她肯定会支持我的。妈妈自己就是个挺独立的人，大大小小的事情都能自己拿主意，而且总是雷厉风行，果断行事。

我觉得我的性格像妈妈多一些，我喜欢挑战，喜欢独立，喜欢我行我素，但摊上一个事事关心过头的爸爸，真是烦人。而且最重要的是，他脸上的伤疤很丑，跟他走在一起，常常被人在背后指指点点。

记得我七岁那年，已经上一年级了，有次爸爸到学校接我，他的样貌吓坏了学校的小朋友，从此我被大家孤立起来。他们说我是"怪兽"的女儿，叫我"小怪兽"。爸爸不会说话，我们一直用手语交流，有时急了，我就一边比画一边嚷嚷，爸爸听不见，但他从我的手势和说话时嘴唇的颤动能够明白我说的话。这样的场景被别人看在眼中，显得十分的怪异，也招来了很多家长的同情。

"这女孩这么漂亮，居然是那个哑巴的孩子，太可惜了。"

"是呀，他的样子还很丑，倒是小姑娘长得水灵灵的……"

种种议论总是夹杂着叹息，那声声叹息，听在我耳中，好似一根根针，刺得我心难受。

三

我很奇怪，妈妈都走了这么多年，爸爸为什么不重新找个合适的女人再结婚。小时候不懂事，我害怕妈妈走了，爸爸再婚的话，连他也不爱我了。出于自私的心理，我那时是拒绝爸爸再婚的，但现在，我都长大了，他也应该重新开始自己的生活。

我试着和爸爸"交谈"，暗示他可以过他想要的生活。爸爸很聪明，一点即通，他指着自己脸上的伤疤，比画着告诉我："我现在这样子，谁会喜欢呢？再说了，我还是想着你妈妈，心里装不下别人。"爸爸的眼眸晶亮，闪烁着丝丝柔情，或许他又回忆起曾经幸福的往事了。半晌，他突然醒悟过来，指着我又比画了半天，问我是不是喜欢上什么人了，表情瞬间变得严肃起来，他想了想，又开始比画，告诉我："一定不能早恋！要不，我会很生气，后果很严重。"

"爸，你怎么这样呀？你这样，我怎么跟你聊天呀？我只是关心你嘛，我从小到大，你一个人当爹又当妈，既要挣钱养家，又要照顾我，你那么辛苦。以前我不懂事，不希望你再婚，但现在，我长大了，希望你过好一点儿的生活……"

我絮絮叨叨地说了一大堆，一来掩饰自己的心事，二来我确实是想关心爸爸，希望他过得幸福快乐一些，有个人陪在身边关心他。

爸爸愣愣地看着我，仿佛要把我看穿，又过了一会，他再次比画起来："你是一个漂亮女孩，你一定得把握好自己，学会自尊、自爱、自重……"

"爸，你瞎比画什么呀？什么自尊、自重的？我很正经，你放心。"说完，我气呼呼地进了房间，还重重地关上门。太气愤了，老爸怎么这样呀，一点不晓得我的心思。

我沮丧地躺在床上，望着床头柜上我们全家幸福的合影，我又开始想妈妈了，如果妈妈还在，她一定会理解我的，哪是爸爸想的那样，还给我上纲上线，说什么自爱、自重，太过分了……

我越想越生气，禁不住嘤嘤地哭泣起来。太委屈了，爸爸怎么可以这样对我，我提的建议就是关心他呀，一点都不懂我。

四

有一天傍晚放学回家的路上，我隐约感觉背后有人在跟踪我。走过街道的拐角处时，我躲了起来，一会儿就见他急匆匆地边跑边四处张望。

"找什么呢？爸。"我一下拦住他。

爸爸有片刻的迟疑和尴尬，他嗫嚅着又在比画，告诉我他只是刚好路过。

"刚好路过？你当我白痴呀？明明就是跟踪我，不相信我。我都明确告诉你了，我没早恋。"我嚷嚷着，心里怒气冲冲，他怎么可以这样对我呢？我转过身，生气地跑了。

回到家，我不吃晚饭，也不写作业，把自己关在房间，连灯也不开，一直躺在床上哭。

爸爸来敲门，我置之不理。

不知什么时候我睡着了，醒来时已经半夜，肚子饿得咕咕叫。我轻轻打开门，蹑手蹑脚地走到厨房，想找点东西填肚子。

路过书房时，我看到门下的缝隙有亮光，于是轻轻推开门。原来爸爸还在里面，也不知他待了多久，困得趴在桌子上睡着了，眼角还有潮湿的泪痕。桌子上，是我们全家三个人最后一张合影。

爸爸哭了？我心里一惊。在我记忆中，妈妈离世时，他哭了很久，后来再也没有流过泪。因为我吗？我的心惶恐不安，又深深内疚。我怎么可以惹爸爸哭呢？

我站了一会，想叫醒爸爸时，突然注意到桌上有一张写满字的信笺。好奇心驱使下，我偷看了，原来是爸爸写给妈妈的。

"孩子长大了，可是我不知道要如何与她沟通……她建议我再结婚，可是我心里装不下别人了，孩子也是担心我老了以后没人照顾吧……可能是我把话说重了，孩子接受不了。我想悄悄保护她，却被她发现了，又跟我闹脾气……我感觉好累，又着实担心孩子不听话。如果你还在，一切都好办了，我的脾气太急，和孩子说不拢……"

爸爸的信写得很长，可能在他写时就已经哭了，信笺上的字被泪水浸染得有些模糊。看着染着斑斑泪痕的信笺，我的泪汹涌而出。

我知道我的行为伤害了爸爸柔软的心，他只是想关心我、保护我，但我却用一种对立的强硬姿态狠狠地拒绝了。我对他的嫌弃，或许他也懂吧，但他还是视我为珍宝。他的爱是一曲无声的天籁，但我一直没有在乎……想着，愧疚不已的我更是止不住泪流满面。

陪我走过青春的"老男孩"

安一心

一

老爸已经四十岁了，可他心态依然像个年轻人，不仅每天傍晚一下班就拉着我陪他打羽毛球，美其名曰保持身材，还整天说自己是个"男生"。

我听了就别扭，挤对他："这世上哪有这么老的男生呀？"他听后，故作痛苦状，瞪眼对我说："看你一天天长大我就难受，你长大了，我就老了，真不公平。"

"哪有不公平？你也年轻过，又不是生来就这么老。"我反击他。

在老爸面前，我伶牙俐齿，没大没小。有时连老妈也看不过去，说我就知道欺负老爸，还说我这样不好，长大以后肯定嫁不出去。

"我才不要嫁呢，我爸说过会养我一辈子。"我不屑地顶撞老妈。

她就看不惯老爸对我好，成天敦促他对我严加管教，还好老爸立场坚定，没被老妈成功策反，要不我的小日子可就难过了。

二

从前，老妈看邻居家的孩子不是学英语，就是练钢琴，要么上奥数班，也要送我去。我哭闹着不肯去。

"在起跑线就输了，以后怎么办？"老妈一脸杞人忧天的悲怆。

"以后还那么遥远，你想得太多了。"老爸劝慰她。"再说，赢在起跑线上就能赢得未来吗？"老爸反问一句，堵得老妈哑口无言。

好有哲理的话，我对老爸顶礼膜拜。因为他的一番大道理，老妈再没提起过要送我去学习班的事了。以老妈那种未雨绸缪的性格能被老爸说服，其实还有后因。老爸接着说："与其花钱让孩子去受罪，还不如全家去旅游，大家一起长长见识。"

老妈最爱旅游了，一听这话，她不再作声。至于我的未来，对于几岁大的孩子来说，她也觉得确实太遥远了。

老爸兑现了承诺，这么多年，我们全家确实去了很多地方，看过山、玩过水、游过湖、踏过浪，祖国各地的壮美河山、人文古迹尽收在我家一本本五彩斑斓的相册里。老爸说，那是他最大的一笔财富。

闲暇时光里，老爸喜欢拉上我，坐在朝南的书房，抹去桌面上的灰尘，搬出他的那些宝贝，指着一张张我年幼时的照片，给我讲述那些我记忆中渐渐模糊的美好往事。

三

老妈在我们家就像一个领导，整天絮絮叨叨，好烦人！还好有老爸撑腰，我的日子一直过得逍遥自在。

有时因为我和老爸团结一致地不听话，老妈就会气呼呼地喊："我真是受够了，这个家，一老一小两个都是没长大的孩子，烦死人了。"但我感觉，她应该挺享受这种整天被我们烦的生活。

有一次我数学没考好,正难过时,老妈不仅没好好安慰我,居然还火上浇油地骂我"笨死了"。我一气之下口不择言地回应她:"我是笨,你那么聪明的人怎么没考上大学?"

我听姥姥说过,成绩很好的老妈,没考上大学是她最深的伤口。我偏往老妈的伤口上撒盐,后果可想而知。她听完我的话后,愣了半天,随后泪水汹涌,大有将我淹没的气势。

一见老妈泪流不止,老爸慌了神,他严厉地一边批评我一边安抚老妈,急得团团转。我才不担心老妈的眼泪,这是她的惯用招数,可是老爸居然批评我。我愤愤地说:"她伤心,我就不伤心吗?""你还有理了?考不好,还不能让你妈说两句?"老爸瞪起眼。"她是说两句吗?她污辱我的人格。"我太生气了,一向护我的老爸居然倒戈,于是我万分难过地抽噎起来。"你怎么也哭啦?好了,快止住。"老爸急得手足无措。"难道她才有哭的权利?我就不能哭吗?"我气愤地跑回房间。

"我管不了,你看你女儿快把我当仇人了。"老妈哽咽道。

"她可是你十月怀胎亲生的闺女,你不管谁管呀。都是我不好,把女儿惯坏了,下不为例,这次就原谅她吧,你最宽容了。"老爸嘴巴抹蜜,又开始讨好老妈。这招一向很灵,老妈听后,保准眉开眼笑。

"你们父女一条心,我能管得了吗?"老妈得寸进尺。

"管得管得,你可是她亲妈呀!"老爸说。

我躲在房门后偷听,老爸的话清晰入耳。竟然出卖我?我决定再也不理他了,更不陪他打羽毛球。他要保持体形是他的事,我何必陪着累得汗流浃背呢?

那几天,我不跟老妈说话,也不搭理老爸,用沉默控诉我的不满。

四

我和老妈一直就是话不投机半句多,就算不说话,她也没什么反应。老爸就不行了,我才几天不搭理他,他就受不了,几次主动求和,我却是看也不看他一眼。

有一天晚上，我在写作业时，老爸敲门进来。我知道是他，却故意不开口。

"你就这样对你老爸呀？大不敬。"他开门见山，直接批评我，一点铺垫的语言都没有。

"我们很熟吗？是不是需要我早请示、晚汇报才行？"我也不客气地回敬他。

"你这孩子，牙尖嘴利，少说几句不行呀？"老爸说。

"没办法，从小被人惯坏了，改不了。"我不屑地噘嘴。

老爸走过来，抚着我的肩膀，轻声低语："真的打算以后不再理睬老爸啦？"

我扭了扭身子，拂去他的手，固执地说："我理不理睬有那么重要吗？我算什么呀？不就是你的减肥陪练，我现在不干了。"

"你答应过要天天陪我锻炼的，怎么能说话不算话呢？"老爸说。

"那是以前，本姑娘现在心情不好，改变主意了。"我冷漠地说。谁让他为了讨好老妈就出卖我，我心里憋气。我的成绩一向很好，因为我知道，好成绩可以让父母开心，所以从小学开始，我一直很努力，我要证实老爸的话：赢在起跑线上不一定就能赢得好未来。可是仅仅一次失误，老妈就骂我"笨死了"。

"你不陪老爸锻炼，老爸的'啤酒肚'又大了不少。"他故作哀鸣。

"找你老婆呀，你俩不是已经结成统一战线了吗？"我暗暗挖苦他。

"你就这么狠心对你老爸？再说了，你老妈容易吗？她天天要上班，还要做很多家务活，很辛苦的。她不就说了你一句，那她疼你的时候你都忘记了？"见我的榆木脑袋不开窍，老爸提高了音量。

我低头不语。见我不再说话，老爸才意识到自己的失态，然后又语重心长地对我说："你妈当年怀你的时候多不容易呀，她每天吃什么吐什么，还要挺着大肚子爬七楼……"

他又提起了陈年旧事，那段我没有任何记忆的往事，他说过很多次。不知为什么，每次他一说起这些，我就会非常难受，心里满是歉疚。

望着窗外黯淡的夜空,我思绪游离。或许正像老爸说的,我是被宠坏了,容不得别人批评一句。

"好啦,我知道错了,那么啰唆。"我轻声低语。

我明白老爸的话,也明白父母都是疼爱我的,虽然他们的方式不一样,但爱的本质不变,只是年少轻狂的我碍于面子放不下所谓的"自尊心"。

五

"去打羽毛球啦,先别写了。"老爸刚下班,就想把我拉出房门。

我不想动,快期末考了,作业很多。

"为了你老爸的体形,辛苦一下吧,乖女儿,快点儿。"他说着,把球拍往我手里塞。

"考不到第一,你可得负责。"我提出了条件。

"行,一定负责。"他答得倒也爽快。

夕阳的余晖洒满小区的运动场,也把老爸的脸渲染成一片红铜色。他穿着一身白色的运动衣,正跳跃起来大力扣杀。我跑向前,轻轻挑起球,还了他一个空挡。老爸也不落后,身手敏捷地把球挡过来。

看着满头大汗的老爸,我心里溢满了浓浓的幸福。我知道,老爸嘴上说是要我陪他锻炼,事实上是他陪我锻炼。自从一次体检,医生说我体质弱需要多运动后,老爸就把"锻炼身体"当成一项必须进行的生活内容。

这个"老男孩",他懂我,他会陪我看青春电影,唱周杰伦的饶舌歌,尊重我喜欢的偶像明星,和我一起讨论什么样的男孩最可爱。他在那次我和老妈起争执后,偷偷和我签订了一份协议书——把分担老妈的家务活也归到我们共同进行的活动项目中来。我无条件地全部接受,我愿意减轻老妈的负担,更愿意和我的"老男孩"一起在我的青春年华里经历很多事。

我想,当未来的某一天,我回忆起我的青春岁月时,一定会有非常丰饶的记忆,而那个陪我走过青春的"老男孩",他一定是我记忆深处最明晰的烙印。

母亲的怯懦

苏米

读中学时,有一年我成绩进步很快,学校里开期末表彰大会,我被选为学生代表去演讲。为了能够给与会的家长们一点启发,老师特意找到我,说:"能否让你的父亲或者母亲上台讲几句话,跟别的学生父母分享一下家教经验?"

父亲那时在外地工作,无法回来,我只好讲给母亲听,让她去台上说上两句。母亲听了即刻惶恐,将头摇得像拨浪鼓,犹如年少怕羞的我,一个劲儿地说:"那怎么可以呢?那怎么行呢?我一个家庭主妇,一点文化都没有,在你的老师们面前卖弄,那像什么样子呢!"我开玩笑地说:"你平时跟人砍价嘴巴多厉害呀,一条街上卖菜的都怕你这张嘴,宁肯自己吃点亏,也不想跟你吵架,所以不过是上台说几句育女经验,有什么难的?"

但不管我怎样劝说,甚至动用了父亲的威严,母亲依然很坚决地不同意上台讲话,而且,怕会发生意外情况,她甚至连家长会也不参加了,像个赖学的孩子一样,让我帮她请假,说她生病在家,实在下不了床。

到了那天,她果然早早地就躲到了邻居家去,假装给人家帮忙干活。我经过邻家院子,看见她正与邻居阿姨聊得热火朝天,怎么也想象不出,这样健谈的她也会心内生有惧怕。她恰好抬头看见了我，竟像怕被老师叫起来回答问题的学生一样，迅速地低下头去，装作没有与我对视。但等到我上台发言的时候，还是下意识地扫了一眼观众席，并没有发现母亲的身影。我在失落之中开始演讲，快要结束的时候，我突然看见窗外母亲的身影一闪而过，犹如一个在教室外怯生生偷听的小孩，怕老师发现了，所以赶在上课结束之前急急地沿墙根溜走。

几年后我大学毕业，在事业上有了一点小小的成绩。回到县城，昔日一个一直对我十分关爱的老师，在聚会后送我回来的路上突然就说要看望一下我的父母，告诉他们有我这样一个优秀的女儿是此生最大的骄傲。可惜走到家门口，才发现父母都在外面为了一户人家堵塞的管道而忙碌着。我打电话给父亲，父亲说："那让你母亲回去见见你的老师吧，刚刚开工的活，我实在走不开呢。"挂断电话之前，我听见母亲在那边与父亲有几句争执，似乎是想让父亲回来，但怕老师误会，我还是没有劝说母亲，而是告诉老师说："我妈很快就会骑车来的，所以还麻烦您耐心等上片刻。"

可是这一等，便是半个小时，明明父亲在电话里说十分钟就会到的，我张望了许多次，却也不见母亲的身影。我不停地找理由安慰老师，说母亲骑车太慢，所以在车流不息的县城里，她总是一遇到汽车便慌慌地提前很远就将自行车停下，别人十分钟走完的路，她则要花费半个小时。

在又等了十几分钟之后，我的老师终于礼貌地起身告辞，我在歉疚的挽留中，几乎有些气恼母亲，甚至想要打电话对她发火。老师刚刚离开，父亲就骑车飞快地赶了来。我诧异，问怎么不见母亲，父亲便无奈地说："没见过你母亲这样胆小过，明明已经到了家门口，却不敢来见你的老师，又对我撒谎说忘了带钥匙，返身回去了，其实钥匙一直就在她的衣兜里。"

我听了突然地有些心疼，为一大把年纪竟然还心生胆怯的母亲。我知道这一次她是怕自己满身泥浆的衣服，会招来我的老师的同情；怕自己这样愚钝的主妇，与我的一身学识的老师面对面坐着的时候，会完全找不到话说；怕自己的粗鲁，会让老师看轻了她，连同自己优秀的女儿。

这时的母亲，早已经过了知天命的年龄，可是，她却与许多年前的那个女子一样，对于我的老师以及所有比她"高一个层次"的人，心怀敬畏和胆怯，并因此卑微到犹如一株角落里的小草，将发黄的茎叶羞涩地隐藏起来，不让任何人窥见她心内的不安与怯懦。

对不起,我爱您

阿杜

一

都说女儿是爸爸上辈子的情人,那么和妈妈是什么关系呢?我想应该就是"情敌"了。要不,老妈没理由处处针对我呀!她总是批评我这,嫌弃我那,觉得我一无是处。我有那么差吗?

小时候,倒也没觉得老妈对我有什么不好的。但当我长大后,当老爸一次次站在我这边时,我感觉老妈变了,变得怪怪的,不仅爱啰唆,而且处处与我作对,跟我较劲。

我的成绩一向不错。爸爸表扬我学习自觉时,老妈很不屑地插了一句:"有多自觉呀?哪次不需要我三催四催的。"爸爸夸奖我悟性高、能够举一反三时,她更是冷哼一声:"悟性是够高的,写篇看图作文都写得云里雾里,让人看不懂。"

"妈!你怎么这样呀?见不得我好,还听不得爸爸表扬我?"我不满地抗议。

"尾巴都翘上天了,还表扬?也不见你有几次考第一名。"妈妈说。

她泼冷水的功力无人能及,几句话就把我兴冲冲的心情浇得透心凉。我赌气地对她说:"我就尾巴翘上天了,怎么样呀?第一名有什么呢?我又不是没考过。我倒要反问一下,你在我这个年纪时又考过几个第一名呀?"

"去找你外婆打听一下不就知道了。"老妈一点都不谦虚。

在外婆那里,我才知道,原来老妈以前是学霸,她是以全市中考状元的身份去读师范的。"当时家里经济拮据,你大舅和二舅一个读大学,一个读高中,你妈初中毕业时,就希望她早点儿出来工作……就因为没让她读高中,你妈生了很久的气。"外婆絮絮叨叨。

"原来我妈从小就是个小心眼儿,怪不得看见老爸对我好就会嫉妒。"我说。

"你可千万不能这样说你妈,哪有妈会嫉妒女儿的?她只是对你有很高的期待罢了。"外婆替老妈解释。

我信,但不赞同。她曾经是学霸,不等于我也可以成为学霸,学霸这东西难道能够遗传吗?当然是不可能的。所以我对老妈的高期待很反感,更反感她所谓的"挫折教育",我想要按自己的方式和想法过活。

二

每到周末,爸爸总会兴致勃勃地邀约全家人出去游玩。老妈见我们父女俩聊得眉开眼笑,于是提出她的"高见":"出去玩不错,回来能写一篇游记吗?"

我向老妈发送了一记白眼,不悦地嚷:"我们北师大毕业的老师都没说出去玩一次就得写一篇作文,你这师范毕业的小学老师的教育方法OUT了。"

我故意强调老妈的"师范毕业",那是她的伤口,我听外婆说,老妈以前的志向是"清华""北大"一类的名牌大学,师范毕业是她的遗憾。

果不其然,老妈生气了,她说:"答应写了就去,不写就不去了。"

老爸好说歹说,才劝住老妈。不过,一路上,我都故意不和她说话。

这人真是的，总喜欢与我作对，看我开心就得找点不痛快。我感觉老妈是更年期提前了，要不，她没理由这样呀！我们之间不像其他母女，我也不想做她"贴心的小棉袄"。

我们的合照很少，一般出去游玩时，她都充当摄影师，专门帮我和老爸拍照。我和老爸的镜头感很强，照片上看起来往往比本人好看。老妈恰恰相反，容貌姣好的她，在照片上怎么看都觉得丑了好多。这一点，她早就知晓，所以不爱照相。如果可以不照，她一定不会站在镜头前，宁愿当个摄影师，当然了，她的摄影水平还不赖，有几分专业水准。

每次出去玩，我和老爸都玩得畅快淋漓，她像一个保姆或是跟班。除了负责拍照，还要照顾我和老爸。除了脾气大点外，她做事还是任劳任怨的。我理所当然地觉得这样没有什么不妥，对她的付出心安理得地享受。因为我觉得这一切都是我用游记换来的。

她用游记卡着每一次的家庭出游，为了不让她破坏我的好心情，也知道她的固执，我只好认真完成这个任务。为此，我不得不在每次出游时格外留心地观察，用心去感受。久而久之，习惯成自然，每次出游回来，我都会在第一时间写下自己的心情和眼中看见的美丽风景。

让我没想到的是，她竟然会帮我把游记录入电脑，稍加修改，然后配上她拍的那些照片，传给杂志社，而且居然发表了！面对这一喜讯，我心里窃喜，嘴上却说："要用我的游记干吗也不事先和我说一声，要不我可以写得更好一些的。""你就吹吧！我看你都绞尽脑汁了。"她毫不客气地揭穿我。

不过，我还是很得意，对自己的作文水平日渐有信心起来。要知道，写作文原本是我最头痛的一件事，是她把我的潜力激发出来了。

三

我一直觉得，如果老妈能够像老爸一样，凡事都先和我商量，尊重我的意见，对我要求不要那么高的话，我们的关系可能会有所改善。

可是，她是这个家庭的"警察"，处理事情的方式果断、干脆，用我原来的话说就是简单粗暴。我一直很疑惑，她这样，她那些学生能受得了吗？可是她年年都是优秀教师，要不就是优秀班主任，这怎么可能呢？

我有一个同学的弟弟就是老妈的学生。那小家伙的作文在省作文竞赛中获得了第一名，写的就是老妈。我看过那篇获奖文章后，对我同学弟弟说："你可真能吹，我妈有你写得那么好吗？还耐心、慈爱？她脾气大得不得了，这你都不知道。严重失实。"

我的话才说完，那个小家伙竟然指着我的鼻子哼哼作声，他说："你不是我老师亲生的吧？哪有女儿这样说自己老妈的，再说了，我写的就是我眼中看见的老师，她是最好的。"

"有这么好吗？我怎么都不知道，更没感受到。"我继续反驳，不过声音低了，不敢再理直气壮，毕竟当着一个孩子的面说自己老妈不好，还是别扭的。

那小家伙嘴不牢，这事后来传到了老妈耳中。老妈气坏了，逮住我就质问："说说，我在你心里到底有多少不是呢？竟然敢教育我的学生。"

毕竟理亏，我在老妈面前支吾起来："你看看，你又这样简单粗暴地教育我，哪有什么耐心呢？我说的是事实。"

"事实？事实就是你不成器，把我气的。"老妈生气地说。

"又来了，整天说我不成器，我怎么就不成器呀？我虽然不算最好的学生，但我也不差呀，现在的功课比你那时候更难，知道不？现在的竞争多激烈呀，你以为还在从前吗？"我伶牙俐齿地与老妈辩论，她总说我"不成器"让我异常反感。哪有这样的老妈，好像表扬一回自己的女儿是件摘星星一般困难的大事。我真是可怜。

四

爸爸说我和老妈"水火不相容"，可能是吧，我是火，她是水，我心头的热情总被她的水无情浇灭。我一直都想不明白，老妈干吗要这样对我？

难不成我真不是她亲生的？

我把自己的疑问告诉老爸时，他笑着拍拍我的脑袋："瞎说什么呢？你妈要是听了，准被你气疯。你知道吗？她生你时就是难产，差点要了她的命，还敢说你不是她亲生的。"

"那她准是后悔生了我，才处处刁难我。你都看见了嘛，她从来不表扬我，不表扬就算了，还处处嫌弃我。我没帮忙做家务，她说我懒；我帮忙了，她又嫌我做得不好。我到底要怎么做她才会满意呢？"我对爸爸哭诉。

"你妈对你高要求，那是因为她觉得你是可造之才，换一般人，她肯定不会这样的。"老爸说。他的解释很无力，我根本听不进去。

她可能喜欢当学霸，感觉美美的，可是我不喜欢。青春那么短暂，除了学习外，还有很多事情可以做，我不想成为高分机器。虽然分数重要，但能力也很重要呀，还有友谊，还有很多很多的事情，都是学习无法代替的。

老妈听不进我的任何话，在她的眼中，我只有考上好大学才会有好出路。可是人生难道只有这一条路可走吗？由于观点有分歧，我们之间的矛盾越演越烈，严重时甚至一星期见面不讲话。她是倔脾气，我也是。

有一次，仅仅因为一个男同学打电话到家里找我，很普通的一个同学，很寻常的一件事，可是老妈却像火上房。最最让我受不了的是，她居然还去学校，找到老师，找到那个男同学，让我颜面扫地。

我和她大吵了一架，气到词穷时，我恨恨地嚷叫："你是最失败的母亲，你凭什么到学校坏我名声，让大家笑话我……我没你这样的妈，我受够了。"

老妈听完我的话，哭了，目光如炬，她盯住我看，很久很久。

不知是不是被我气的，她住院了，突发脑溢血，被送到医院时，直接住进了重症监护室。爸爸焦急地守在走廊里，我去时，爸爸看了我一眼，眼神很复杂，我不知道他是不是在怪我。我也很后悔，不知所措。

经过医生的抢救，妈妈的生命没有危险，但出院后整个人都变了。她不再和我针锋相对，不再管我的事，可是我无颜面对她。看着她落寞的样子，我多么后悔我曾骗了她，其实我爱她，就像她爱我一样，但我一直没有找到适合自己的表达方式。

我们从来不像其他母女有很多悄悄话说,但我又怎么可能不爱她呢?我是她难产生出来的女儿,为了生我,差一点要了她的命,可是跟她较劲时,我却为了一点点的颜面,总拣那些最伤她心的话来说,我很后悔。

妈妈,对不起,我爱您!

为师无悔

康哲峰

记得大学毕业前夕,我的班主任对我说:"选择了教师这个职业就选择了寂寞与清贫,你必须有足够的心理准备。"我当时觉得老师说得太沉重了,有些不以为然。

如今我也有了五年教龄了,我开始真正懂得了老师当年说那番话时的语重心长。教师这个职业虽然有着至高无上的荣誉,但是在实际生活中,尤其在农村,其实是很被人瞧不起的。我就在一个山区小镇上当着一名语文教师,我对这一点深有体会。所以,我常想对坚持在农村学校的一线教师致以最崇高的敬意。是他们在托起农村孩子的希望,是他们在培育祖国的未来。尽管他们每个月只有很少的工资,尽管他们也要养育一家老小。

只有能坚守清贫的教师才称得上是一个合格的教师。一个被物欲所诱惑的教师已不能给孩子们一个清纯的心灵、一个诚实的人格、一个高尚的灵魂,因为他早已堕落。如果,教师这个职业也被玷污,那么再到哪里去寻找一块净土呢?

教师就是河底一只老蚌,吃进的是泥沙,培育出的却是一粒粒的珍珠。当珍珠在尘世中闪闪发光时,会不会还记得河底的那只老蚌呢?教师也像一枝铁骨铮铮的老梅，当他报告了春天的到来之后，当万花竞放、春色满园之后，他却在丛中默默含笑。教师固守的不仅仅是寂寞和清贫，更是一种崇高的人格。

教师的职责就是教学，可又不仅仅是教学。三尺讲台上他就能营造出一个大千世界，俯仰之间他就能纵横整个朗朗乾坤。学生就在这个广阔的天地中遨游熏染，直至培育出一批批栋梁之材。不是吗？有一句名言这样说："做不了伟人，那就做伟人的老师吧。"

我教学的生涯中也有许多的诱惑曾经摆在面前。我也曾经对外面的世界动过心，甚至我还浅浅地下了一次"海"，和别人合伙开过一个服装店。在经历了滚滚红尘中的一切之后，我发现我更愿意做的还是面对我的学生们那一双双清澈的眼睛。最终，我抛开经营得不错的店铺，全身心地回到了我的职业上来。

五年了，我再也不会后悔我的终极选择——教育。只是在夜深的时候常常品味我的老师曾经说过的另一句话："坚守住教师这个职业，就是坚守住了一种崇高的品格。"

寒冬里的山里红

康哲峰

山里红又叫糖葫芦,是北方最常见的一种小零食,酸甜可口,老幼皆宜。我的记忆中吃到的最好吃的一次是在一个寒风凛冽的冬夜。

那天,我在学校值班,趁学生上晚自习的空儿到外面理发。北方的冬天特别冷,寒风打着呼哨直往脖子里钻。好不容易到了理发的地儿,人还特别多。好不容易轮到我,理完再一看表,已是七点多钟。北方的冬天,夜特别长,五点钟天就开始黑了,七点多时已是一片漆黑。街上没有多少行人,显得比白天空旷了不少,只听见阵阵北风掠过树梢和电线发出凄厉的尖叫。

我低头缩脖,拼命蹬着车子,到学校要经过一条街,街两边都是饭店。这时候正是吃饭的时间,从窗户里传来阵阵欢笑声、劝酒声和流行歌曲的声音,让人在这个寒冷的夜里总算有了一点点暖意。正当我想尽快赶回学校努力蹬车时,耳边传来一声嘶哑的吆喝:"山里红,又大又甜的山里红。"我怀疑自己产生了幻听。这么晚了,这么冷的天儿,谁还会买山里红啊!哪有卖山里红卖到这个时候的。可前方又传来一声吆喝。我定睛一看,前边还真有一位大嫂,穿着厚厚的棉衣,包着严严的头巾,推着一辆自行车,车后草把上还插着几串山里红，准是白天卖剩下的。她一边机械地迈着脚步，扭头向一个个灯火辉煌的饭店里努力瞧着，一边吆喝着："山里红，又大又甜的山里红。"可是她的声音很快就湮灭于饭店中传来的欢歌笑语之中了，没有一个人来买她的山里红。

我眼前有些模糊，是什么原因让她在如此浓黑冰冷的夜里执着地推销她仅剩的几串山里红呢？她应该是一位母亲，这样的时候，应该有一个孩子在家中盼母亲盼得望眼欲穿；她应该是一位妻子，这样的时刻，应该有一个厚道的丈夫在家门口不住地徘徊张望；她应该是一个家庭主妇，这个时候，她应该在家中扮演主角，做一桌热气腾腾的饭菜，看着狼吞虎咽的儿子或丈夫幸福地微笑。然而，她却在这凄冷的夜色中无望地卖着最后几串山里红。

我心中一热，赶上去叫住大嫂。"你要买几串啊？"大嫂迫不及待地问。"你就剩这几串了？我儿子今天过生日，家里小朋友多，够不够啊？"我故意撒了个谎。大嫂掩饰不住惊喜地说："还有七串，不知够不够？""差不多够了，多少钱啊？"我掏出了钱包。本来一元一串，但大嫂只要了我五元钱，说是给我的优惠价。我没有拒绝她的好意。收好钱，神情明显轻松下来的大嫂冲我一笑，转身轻轻跨上自行车，很快消失在茫茫夜色之中。

当我赶到学校时，第二节晚自习刚刚上课。我拿着一大把红灿灿的山里红走进教室。教室里温暖明亮，明亮的灯光照在这些山里红上，艳得就像一大把火红的玫瑰。学生们见到我的样子一时反应不过来，先是惊讶，然后都笑起来。我做了个手势让他们安静下来，然后讲了刚才的事情，最后动情地说："我为什么买下所有的山里红，因为那一刻我想起我的母亲。当年为了凑齐我的学费，把家里唯一的一头猪用架子车拉到十几里外的一个市集上出售。那天，北风刮得也是这么猛；那天，天气冷得也是这么狠；那天，夜色黑得也是这么浓；那天，母亲回来得比此时还要晚。要知道，母亲为了省钱从早上走时喝了一碗稀粥一直到深夜回家竟然没有再吃任何东西……"我的眼睛湿润了，哽咽着说不出话来，学生中传来轻轻的抽泣。我平静了一下情绪，把手中的山里红分给了学生们。七串，每串八颗，一共五十六颗，我和学生正好每人一颗。我们低着头，小心翼翼地咬下来，仔仔细细地品尝着。当所有的人吃完抬起头时，我们看到了彼此眼中晶莹的泪光。

这七串山里红让感恩这一珍贵的情感深深种进我的学生心里，多少年过去了，我还是这么认为：这是我一生中最有价值的一次交易。

甜石榴，酸石榴

明月

石榴红了，在枝叶间低头含笑，等待人来采摘。

老家的院子里，有两棵石榴树，一棵是结甜石榴的石榴树，一棵是结酸石榴的石榴树，分别栽在屋前的东边和西边。两棵石榴树从外观上看不出差别，同样是碧叶、红花，像是比赛般蓬勃生长着。

秋天是石榴成熟的季节，两棵石榴树都挂满了沉甸甸、红彤彤的石榴。母亲拿着剪刀，把石榴一个个剪下来，分别放在两个篮子里。年少的我分不清哪个是甜石榴，哪个是酸石榴，顺手拿起一个红红的大石榴，掰开，红红的、玛瑙般的石榴籽儿晶莹剔透，引诱得人口舌生津，禁不住咽吐沫。剥几粒石榴籽儿放进嘴里，石榴汁溢出的瞬间，我没有尝到想象中的甜味，一股酸酸的汁液酸得我直摇头。母亲看我那窘样儿，哈哈笑起来，我十分尴尬，不知道把嘴里的石榴籽儿是吐出来还是咽下去。

母亲说："傻妞儿，东边这棵石榴树结的果实是酸的，西边那棵才是甜的。"说着她从装着西边树上摘下的果实的篮子里拿过来一个石榴，掰开，剥几粒石榴籽儿放进我的嘴巴里，果然，甜津津的汁液瞬时稀释了酸味儿。我抢过母亲手里的甜石榴，想吃个痛痛快快，母亲却把石榴夺回去，只分给我一小半，说："小孩子不能贪吃石榴，容易上火。"

我知道了东边这棵石榴树结的石榴是酸的，便开始讨厌它。我常常偷偷地给甜石榴树浇水，从不给酸石榴树浇一滴水。酸石榴似乎对我的偏心一点也不在乎，依旧长得那么旺盛，一点也不比甜石榴树逊色。

第二年石榴成熟的时候，母亲说："这酸石榴树虽然不招你的待见，但它依然长得漂亮啊。"我一看，果然，酸石榴的果皮油亮油亮的，红红的，特别漂亮。而甜石榴的果皮显得有些粗糙，而且颜色黄黄的，不如酸石榴好看。母亲说："即使别人冷漠地对你，你也要像酸石榴一样，按照自己的方式成长，明白吗？"那时的我哪里懂得母亲话里的含义，只是机械地点点头。

掰开仔细看籽儿，甜石榴的籽儿浅黄色居多，有一小部分是浅红色；酸石榴的籽儿颜色是深红的，好似一颗颗红宝石。母亲又说："不能只通过表象判断一些事情，就像酸石榴好看而味道酸酸的，知道吧？"我又点点头，母亲摸摸我的头："傻丫头，只会点头，记着妈的话，好好长大。"

母亲总是让我吃一些甜石榴，也吃一些酸石榴，她说："人这一辈子，日子有时候是酸的，有时候是甜的，要在甜的时候别忘了酸，要在酸的时候回味着甜。有酸有甜才是人生真滋味。"

去果品市场，挑几个酸石榴，再挑几个甜石榴，回到家各掰开一个，一口甜，一口酸，在酸酸甜甜的味道里，回味那远去的时光，母亲的话语如一颗颗石榴籽儿，润泽着我的心扉，酸时清醒，甜时温暖。

开往我心的火车

娇眉

时常是这样，习惯一个人沿着直直弯弯的铁道寂寂行走。对于铁道，我有着很深的情愫，因为只有铁道，才能让火车奔跑。

小时候，父亲在外地工作，两三年才回家一次。父亲拍电报说已买好回家的火车票。母亲拿着电报，不言语，但欣喜已布满了脸。我五岁那年，父亲又说回家过年，吃过早饭，母亲给我换了新衣服，说："妞儿，跟妈进城，咱去火车站接你爹。"我高兴地转了好几个圈。要知道，乡下的孩子一年里没几次进城的机会。

我和母亲步行进城，走累了，母亲便背我走一段，然后我再自己走一段。十几里的路，我和母亲走了近两个小时，终于到了火车站。那是我第一次见铁轨，曲曲弯弯的，伸向不可知的远方。

母亲询问火车站的工作人员，那人指着电报上的车次说这趟火车还有十几分钟就要到站了。母亲连声说着"谢谢"，牵了我的手，站在站台上，抬起脚，努力地望向火车开来的方向。"呜呜呜呜……"听到鸣笛，母亲高兴地对我说："妞儿，火车来了，火车来了！"欢喜得像个孩子。我瞪大眼睛，想看清楚火车的模样，更想看看它是怎样"走路"的。任我怎样努力，都没有看到火车的脚，但它由远及近，款款而来，安然地停在了我们面前。

火车进站，那么多的人从火车里走出来，我和母亲东瞅西望，终于在茫茫人海里看到了父亲。他看到我们，疲惫的脸上露出了欣喜的笑容。

我渐渐长大，父亲回家的时候，母亲有时候会让我一个人到火车站接父亲。如果时间尚早，火车还没有进站，我会一个人沿着铁道走一会儿。曲曲弯弯的铁轨是多么神奇，把归人的温暖迎来，把离人的哀愁送远。

父亲终于调回故乡工作了，我不用去火车站接他了，莫名地，却怀念火车，怀念那蜿蜒着没有尽头、平行相伴的铁轨。

父亲的新单位离火车道很近，每天上班都从铁轨上穿过。我每次进城，顺便去看父亲，父亲总是陪着我走一段长长的铁轨。父亲不善言辞，只是这样默默地行走着，转眼就是无数个春秋。直到今天，我依然怀念父亲，怀念他的沉默，怀念那时没来的火车和恰巧沉默的铁轨。

父亲病逝后，我到城里工作了，是父亲工作的地方。走过铁轨不远，就是单位。工作时，看不到火车，却听得见火车的鸣笛，还有"隆隆"的火车奔跑的声音。

父亲也是一列火车啊，沿着曲曲弯弯的铁轨，一直奔跑在我的心间。

结婚，选新房的位置时，我选在了火车站附近。爱人说："离火车站这么近，火车昼夜行驶，多扰心啊。"我只任性地说："我喜欢被火车扰。"爱人没再说什么，合了我的意，买下了别人嫌吵的房子。

下班后，我习惯牵着孩子的手，或者爱人陪伴着我，也或者我一个人，沿着曲曲弯弯的铁轨漫步。火车由远及近，由近又远。那些上车下车的旅客都行色匆匆，我不认识他们，却在他们身上看到父亲的影子。

前几年，这个火车站取消了，不再运送南来北往的客，但铁轨还在，偶尔会有一列火车在此短暂停留，多数时候，只有沉默的铁轨孤独地遥望着远方。

走在铁轨上，我仿佛又听到了汽笛声，那亲切的声音，像极了父亲的呼唤。

给爸爸过父亲节

张素燕

翻开日历,爸爸生日那天正好是父亲节。我惊喜万分,这太好了,爸爸终于可以过父亲节了。

还记得第一次给爸爸过父亲节是在我上大学时。当时,在一本《少男少女》杂志上看到父亲节赠送礼物的活动,我就参加了。果真,爸爸在父亲节那天,收到了广州《少男少女》杂志社寄去的精美礼品——一张带有编辑部所有成员签名的祝福语的贺卡。妈妈讲,当时爸爸正遇到烦心事儿,可一收到礼物,一切烦恼不快都抛在了九霄云外,脸上一下子就乐开了花,捧着我的贺卡,高兴地看了又看,连饭都顾不上吃,还三天两头拿着贺卡,让村里人看,那劲头,比中了大奖还开心。

后来,我参加工作,在距家八十多里外的学校教书。每次要过父亲节,爸爸就会说:"过那节日干什么,你们工作都那么忙,不要来回跑了。"是的,我工作很忙,每天起早贪黑,披星戴月,整天累得喘不过气来。晚上趴床上就起不来,还没洗漱就已进入梦乡。对于父亲,我很内疚,也很自责。是的,我的心里装着学生,装着学校,装着工作,班里一百六十多名学生的性格、特点、脾性、爱好我都了如指掌。每个学生发生什么情况,我都会在一时间发现并解决。可是父亲，我却忽略了他。尽管每天一个电话，却无法弥补全家团圆的空缺。

每年到了父亲节，我都要电话问候一下。爸爸都会乐呵呵地说："没事儿，我啥事儿没有，你们踏踏实实地干好工作，不要老想着回来……"可是，妈妈说，每挂完电话，爸爸都会静静地待上半晌，像丢了魂似的，沉默不语。

这次父亲节，正好是爸爸的生日。我们儿女可以名正言顺、理由充足、名副其实地给爸爸过一个开心的父亲节了！打电话跟爸爸说此事时，他依然满不在乎地说："唉，过那节日干什么？你们别光想着回来，家里没事儿……"

妈妈告诉我们，挂完电话，父亲却像小孩子一样，轻松愉快地哼着小曲儿去集市上看我们爱吃的东西去了。此后，爸爸每天都要精心洗漱一遍，还时不时照照镜子，自得其乐地笑几声。我的眼睛顿时湿润了。我知道，爸爸在期盼这一天的到来。是的，父母需要我们的陪伴。中央电视台广告中的情节还历历在目：老人精心准备了一桌可口的饭菜，期待着阖家团圆、共享美餐。就在这时，电话响了。老人满怀希望地接起电话，对方却传来女儿的声音："妈，今晚加班，不回家吃饭了……"然后又传来小孙子的声音："奶奶，我们有活动，不回家吃饭了……"留下一脸失望的老人，空对一桌丰盛的饭菜，只能对天长叹，暗自伤心落泪……

老人是多么期盼儿孙绕膝、阖家团圆啊。是父亲节给了爸爸希望和等待，是儿女的牵挂给了父亲安慰和寄托，是全家团圆给了父亲精神和力量。"回家，回家，回家是最好的礼物……"耳边又响起了熟悉的乐曲…….

我们要多回家陪陪父母，把每一天都过成父亲节！

又逢秋日柿儿红

翀飞

那年，县里派我到山区支教，我被分配到一个叫明秀村的小山村教小学。这里是大山的腹地，村子就像散落在整个山坡上，这儿三家，那五家，拉拉杂杂有几里长。小学就建在一个坡度相对平缓的山坡上，只有三间平房，没有围墙，没有操场，没有国旗飘扬，甚至连厕所也没有。远远望去，仿佛已被废弃。门窗都没有玻璃，张着黑洞洞的大口。

但村子不愧叫明秀村，周围的景色称得上是山明水秀。山上种着一片片柿子、石榴、核桃、枣——柿子树最多，到了深秋，火红的柿子和柿子叶将整座大山染得红彤彤的，美丽极了。山上有许多山泉，水质清洌甘甜，比起城里那些矿泉水不知好喝多少倍。可惜的是，这里太偏僻了，坐汽车到山口的一个镇上，再坐毛驴车走三个小时，然后再步行翻过两个山头，才能到达这里。这里的村民外出只有一条弯曲的羊肠小路。交通工具最好是自行车了，大部分人家还推着独轮车。所以尽管这里景色优美、果树繁茂，这里的人却很穷。每年只能眼睁睁看着大量的山货烂掉，以致很多果树人们都懒得去摘，任他们春开花，夏结果，秋成熟，冬落地，自生自灭，自我循环。

景色优美掩盖不了生活的贫困，我本来也没打算来这儿享福，可眼前的景象还是超出了我的想象：三间破屋，有一间算办公室和老师宿舍，里面有一架摇摇欲坠的床和几张缺胳膊少腿的桌凳，墙上因兼做厨房而熏得漆黑，另两间教室里有几张龇牙咧嘴的破烂桌凳和几十个脏兮兮的孩子。这就是我今后的工作环境。这个村子已经有好几个月没有老师了，分来的老师不是看一看拍屁股就走，就是干不几天就不辞而别。村里人都寒心了，"谁让咱这儿穷，留不住人家呢！"所以，对我的到来，他们并没有表现出多大的热情。

　　村长帮我简单打扫了一下房间，现垒了一个泥灶，提来两口铁锅。他对我说："康老师，咱这儿就这条件，只能委屈你了，娃们成天问我要老师，要得我直着急，我又不能给他们变出一个来。"说完，转身要走，又叮嘱我一句："谁不好好学，你往死里揍。"我觉得这个村长说话虽粗，但人挺好的。

　　开始上课了。几十个学生分成三个年级，只能采取复式教学。我一个人忙得不可开交。孩子们的基础太差了，我要一点点从头教起，常常把他们合在一起上大课。渐渐地，学生们学习有了进步，兴趣更高了。

　　山里的孩子一点儿都不笨，个个心灵手巧。我一个人备课、上课、做饭、洗衣，还捎带着做修理工，将教室的窗户都装上了玻璃。我又让人从山外捎来一面国旗，可是没有旗杆，就先挂在了宿舍的墙上。孩子们看到我整天忙忙碌碌，都偷偷地帮我，常常是我准备做饭时，发现灶口上堆着一大垛树枝，灶台上放着几个鸡蛋，有时是几个鸟蛋，有时是几棵青菜，一把小葱，或一小捆野韭菜花。甚至在一个下雪的冬日，我在灶台上还发现过一只冻得硬邦邦的野鸡。这些孩子们像他们的父母一样淳朴，他们一点儿也不张扬，只是默默地做他们认为该做的事儿。我家访时，不论到哪个学生家，必会被让到炕头上，那里最暖和。家长话不多，可动作麻利，一会儿工夫，小炕桌上就堆满了山核桃、大红枣、软柿子、大石榴……吃饭时，碗盛得溜边溜沿，只要你碗一空，马上夺过去——得，又一碗，又是溜边溜沿。见你吃得再也咽不下了，才怀疑地说："才吃三碗就饱了，我家孩子他爹不干活时还要喝六碗哩，到底是教书先生。"我只能一边打饱嗝一边摇头苦笑，实在是撑得难受啊！

　　渐渐地，我和学生们建立了深厚的感情。放学之后，他们都不回家，聚在我的小屋里问这问那。有时，我们就一块儿清理教室前的小坡地，将它垫成一个小操场。又从山上砍来一根长木杆做旗杆。这样，每天清晨小操场上都会准时响起我用录音机放出的国歌声。几十个孩子和我都肃立于旗杆之下，看国旗缓缓地升到空中。山里的天总是那么蓝，国旗在山风的吹拂下像一团升腾的火焰。我们的升旗活动也成了这个小山村的一道亮丽的风景。

　　我又托人从山外买来体育用品，在课间或体育课上，孩子们的欢笑响彻整个操场。他们也可以和城里孩子一样玩游戏了，还可以打比赛呢，这令他们高兴得快发疯了。

　　时间飞快地溜走了，转眼支教期已快满了，离别在即。一次讲课时，我讲到北京香山的红叶，就拿山上正是一片火红的柿子树叶做了比较，孩子们都听得如痴如醉。我又顺口说了一句："这里的柿子太好吃了，不知以后还能不能吃到。"孩子们都低下头，再抬起头时眼中都有了泪花。几个学生喊起来："老师，以后柿子熟了我们就给你送去，让你吃个够。"我笑了，学生有这份心就行了，这就是给一个老师最大的安慰和奖赏。

　　回到县城，转眼又是一年，秋天又到了。城里的秋天总是灰蒙蒙的，让人丝毫体会不到秋高气爽的感觉，只有凉凉的秋风吹到身上冷飕飕的，才知道又是秋天了。回忆起去年的秋天，那满山遍野的五彩斑斓，那甘美的野果，那清香的空气，那醇冽的山泉，都已经是一个遥远的梦了。

　　星期天，我正在家中闲坐读书，被几下怯怯的敲门声惊醒。打开门，几个红通通的脸蛋映入眼帘，是他们，我的山里学生。他们一个个满头大汗，衣服上落满了灰尘，眼中闪耀着激动的光彩。我赶紧让他们进屋，让他们坐下，又赶紧拿水果、找饮料。孩子们却不动，也不坐。我发现一个胖乎乎的小男孩手里提着一个袋子，眼里还含着泪花。我问道："怎么啦？"想不到几个小家伙一齐哇地哭起来。我哄这个，哄那个，好不容易。一个小女生抽噎着告诉我:"我们今天一大早从树上摘下最红最大的柿子想送来让你尝尝,好不容易搭上了车到了县城,可是轮到小胖提袋子时,他只顾看汽车不小心跌了一跤,柿子全坏了。"说完又放声大哭起来。我小心翼翼地拿过袋子,轻轻打开它,柿子们都熟透了,现在挤在了一起,像一颗大大红红的心。我伸出手指挑起一点柿子泥,放到口中,啊,真甜!转过身,我把几个小脑袋猛地一下子抱到胸前。

最温柔的名字

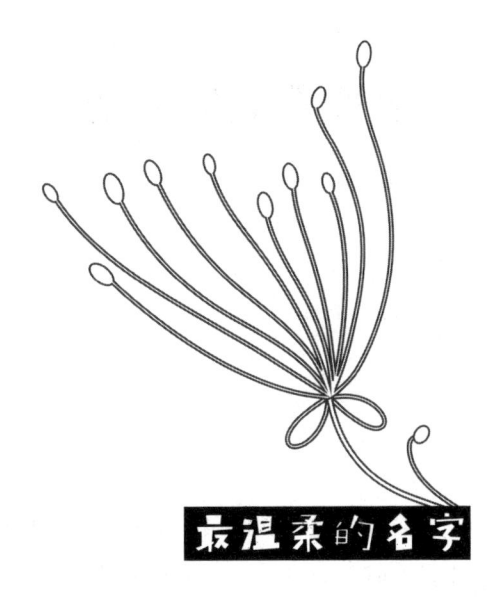

是的,这些粗糙的男人,暴烈的男人,强横的男人,骄傲的男人,不拘小节的男人,一旦做了父亲,就变成了天下最温柔的男人。只要有人柔柔地叫他一声"爸爸",再强硬的男人也会化成一摊水,软得提不起来。父亲是个特殊的称呼,柔软,通透,春风化雨,直抵人心。它会拨动你心里最柔软的弦,改变你的言行举止,甚至改写你的后半生。男人最温柔的名字,是父亲。

新闻背后的母亲

卫宣利

这是他进报社的第二十九天,手机仍然在口袋里静默着,办公桌上的电话不时会响一下,铃声并不很响,但每次都震得他心惊肉跳。二十九天,每天几乎都是一样,早上七点半被闹钟叫醒,洗漱,来不及吃早饭,匆匆赶到报社,等新闻线索。他像那个守在树后的农人,期待有一只兔子会突然撞在他的电话上——作为一个刚入行的新闻热线栏目的记者,没有关系没有线人,他只能这样笨拙地等待,希望突然出点什么大事让自己碰巧逮着。

然而什么也没有。世界从来没有像现在这样安稳静好。电话隔一会儿响一下,都是些很烦琐的事情:小区的垃圾无人清理,市场乱收费,两棵被砍的树,咨询出国的手续,手机里的中奖短信……他觉得自己的心就像一个气球,电话一响,就迅速地膨胀起来,接完电话,又迅速地瘪下去。

他必须从那些鸡零狗碎的事情中分析、判断、过滤,敏锐地找出有价值的信息,然后背着采访包,坐车,问路,采访,回转,写稿,忐忑不安地传给编辑……他的运气不是很好,已经二十九天了,只在报纸的角落里发过几篇小豆腐块。他很清楚这样下去的后果,同宿舍一起来的小吴已经被辞退了。他想保住自己的工作,他是从农村出来的,父亲去世早,母亲为了供他读大学，五十多岁了还出来打工，大冬天里给人洗床单衣服，在建筑工地上一个人做几十个人的饭……每次看到母亲，她都好像又老了一些。看到母亲那过早佝偻的腰身，沟壑纵横的脸，他的心就又酸又疼。

他必须保住这份工作。

一个上午又过去了，明天就是月末，如果他再找不出有价值的新闻……他烦躁地在办公室里兜着圈子，报纸整好又翻乱，烟抽了半截又掐灭。他眉头深锁，脸沉得能拧下水来。

这时，手机突然响了，他不由地打了个激灵，拿出手机，是个陌生的号码，他深深地吸了口气，调整了呼吸，才接起电话。

"星儿，是你吧？怎么这么久才接电话？是不是身体不舒服？午饭吃了吗……"电话那头，是母亲苍老的声音。

"妈，你有事儿吗？"他闷闷地问。

"我……也没啥事儿……你工作做得还好吧……我这两天老是梦见你……你又瘦了吧……"母亲显然听出了他口气不对，却还是嗫嚅着，想多知道一点儿他的情况。

他粗暴地打断母亲的询问："你没事儿我就挂了。"他心烦意乱，哪里有心情去听母亲的唠叨。

"不，我有事儿，有事儿……"母亲急切的声音有些颤抖，顿了顿，却又小心翼翼地问，"你有不顺心的事了吧？跟妈说说，看妈能帮你不……"

他苦笑，"妈，你就别起哄了。你帮我？除非你能开飞机撞上世贸大厦……"他嘟囔着，合上手机。

晚上九点，他在宿舍里收拾行李，开始做离开的准备。他想，自己真是差劲，连个记者都做不好。

九点十五分，手机铃声骤响，他接起来，马上就愣了——是猛料：有人在十七楼上，要跳楼自杀。

他迅速赶到现场，是一栋尚未完工的大楼，楼体黑乎乎的，整栋楼已经被警察包围，借着手电筒的光线，隐约能看见一个人正坐在楼顶。警察在喊话，消防车和急救车正呼啸着朝这个方向奔过来，楼底已经铺开了一个巨大的充气垫。

他拿出记者证，被特许上去。和他一起上去的还有都市报和电视台的记者。楼道很窄，到处漆黑一片，没有一点儿光。终于到了天台，他看到那个人背对着他，从背影看，好像是个女人。她的背影有些佝偻，是个不太年轻的女人。她的头发有些凌乱，在夜空中飘着，正要往下跳。

他从来没有见过这种场面，有些眩晕。如此直接地面对一个人的可知的死亡，她要跳吗？她真的敢跳吗？她为什么要跳呢……他感到自己浑身的血开始沸腾。

一束光打上来，那人在光亮中慢慢转过身来，眼睛在黑乎乎的人群中搜索着，一边往后退一边说："你们不要过来，再过来我就跳下去。"突然，那人一个趔趄，几乎要跌下去。周围一片低低的惊呼。

他呆呆地站着，目不转睛地盯着那个人的脸，沸腾起来的血一下子就凝固了。

然后，他做出了所有人都难以置信的举动：飞身上前，一把抱住那个人的腰，两个人一起跌坐在天台上。他跪在那人身旁大声喊："妈！"脸上流满了泪。

母亲安详地笑着，她问："警察都来了，这算不算特大新闻？"

有爱不觉天涯远

卫宣利

　　她十五岁那年，父亲死于一场车祸。家里塌了半个天，她的心却完全塌了。从小她就是父亲最宠爱的宝贝，可是幸福到此戛然而止。那个沉闷的夏天，她封闭了自己，几乎不和任何人说话。她看着母亲依然衣着光鲜地上班下班，和别人谈笑自如，心就像被针尖一点点地刺了个遍。她不明白，难道父亲的离去，在母亲心里竟然没留下丝毫痕迹？

　　母亲发现了她的自闭和忧郁，开始带她出去游玩，给她买色彩鲜艳的衣服，甚至给她买了电脑，让她寂寞的时候上网寻开心。她对母亲所做的一切，只是冷冷地拒绝。母亲买的那些衣服她一次都没穿过，被她毫不犹豫地塞进了衣柜。

　　父亲去世后她的第一个生日，母亲一大早就起来去菜市场，说要热热闹闹地过，叮嘱她放学后把要好的同学都请到家里来。晚上，她独自回来，看到家里流光溢彩、人声喧嚷，桌子上摆着三层的生日蛋糕，上面插着十六支蜡烛。她刚一进门就被一群男人女人给围了起来，纷纷往她手里塞礼物，祝她生日快乐。母亲在旁边兴奋地介绍着，这是赵伯伯，这是许阿姨……母亲问："怎么没带同学回来啊？我准备了这么多的菜呢！"

这样热闹的场面，让她不可抑制地想起父亲，突然悲从中来。她歇斯底里地喊了一声："没有爸爸的生日，我不快乐！"把手里的礼物统统摔在地上，又把桌上的蛋糕砸了个稀烂，留下不知所措的母亲和一屋子尴尬的人，头也不回地跑进自己的房间，把门重重地锁上。

那天晚上，半夜的时候她起来上厕所，忽然听到一阵压抑的哭泣声。她在母亲的房门口站住，房里灯还亮着，母亲背对着她，肩膀剧烈地抖动着。这是父亲离世后她第一次看到母亲哭，她也第一次发现，原来母亲的肩膀竟是如此瘦削。她默默地站了半晌，终于走进去，轻轻揽住了母亲的肩头。

第二天，她起床时发现床头放着一张纸条："娇娇，爸爸在天上看着我们呢，我们娘俩在一起，要快乐地活着，他才会开心，有爱不觉天涯远。"

有爱不觉天涯远，她反复读着这七个字，泪水涌满了眼眶。

她读高三那年，因为单位效益不好，母亲下岗了。母亲从旧货市场买回一辆三轮车，去水果批发市场批了水果回来，蹬着三轮车大街小巷地叫卖。有一次，她回家跟母亲要钱买复习资料，走过路口时，正好看到母亲的三轮车停在那里，有个人正在挑苹果。那个人一边拣苹果，一边挑剔苹果颜色不好价格太贵，母亲谦卑地赔着笑脸，不住地说好话，那人不依不饶，称完了非要再添上两个。母亲急了，争执间，母亲一没留神，三轮车便歪进了旁边新挖的土沟里。她看见母亲麻利地爬起来，艰难地扶正了车子，苹果却掉了一地。她跑过去，帮着母亲把地上的苹果捡起来。看着母亲瘦削的身影，她的泪水再也抑制不住。

母亲就这样供着她读了大学，她又得了全额奖学金，要出国深造。临走的晚上，她抱着枕头来和母亲一起睡。母亲把所有该叮嘱的都叮嘱了一遍，她偎着母亲，一直沉默。到开口说话，已是泪眼婆娑。她哽咽着说："妈，我走了，你怎么办？"母亲拍拍她的头，笑着说："傻丫头，有爱不觉天涯远，我会自己照顾自己的。等你回来，买了大房子，接我去享福。"母亲轻轻地笑着，可是母亲的手却是颤抖的。

学成归来，已是两年之后。她以优异的成绩被一家大公司高薪录用，还供了复式楼房。她把母亲接到新家，母亲欢天喜地地在阳台上种满了花，把她的床单被罩都洗了一遍。有一天夜里，她听见母亲一直咳嗽，起来去看，母亲却闭着眼睛，好像睡熟了。

第二天，母亲说想家了，要回去。她急了，说："你要回哪儿？这就是咱的家啊。"母亲执意要回，她无奈，只好送母亲回去。母亲回家后便一直咳嗽，最后，竟咳出血来。她送母亲去医院，才知母亲患了肺癌，已到晚期。医生埋怨她，怎么这么晚才送来？是啊，怎么这么晚才送来？她一遍遍地问自己，九月的阳光灿烂耀眼，她的世界却失了颜色。

一个月后，母亲静静地去了。最后的时刻，母亲抓着她的手，嘴唇翕动。她俯身上前，把耳朵贴在母亲的脸上，听到母亲用微弱的声音说："乖……不怕……有爱，不觉天涯远……"

有爱不觉天涯远！她跪在母亲的床前，泪如雨下。

男人最温柔的名字

千江雪

　　去水果店买水果，前面是位六七十岁的老伯，买了一个大西瓜，又去挑香蕉，称桃子。买了一大兜，转身走时，看见有新鲜的荔枝，马上又转回头去挑荔枝。店主大约和他是熟人，笑问："老伯，平时那么俭省，今天怎么舍得买这么多水果啊？"老伯一边挑一边笑呵呵地答："闺女回来了，俺那闺女，嘴刁得很，大鱼大肉不吃，就喜欢吃这些东西……"老人头发花白，高大的身躯弯下来，面容安详，目光柔和，粗糙的手在鲜亮的水果中温柔地穿行，像是怕碰疼了那些果实。

　　我跟在后面，心怦然而动。这个男人，平日必定是粗粝的、严峻的、雷厉风行的，可是此刻，他如此细致地为女儿挑选荔枝，脸上的表情温柔似水，只因为这一刻，他承担了一个重要的角色——父亲。

　　朋友的父亲，是有名的火暴脾气，挑剔、粗鲁、沾火即着，只要他一进家门，气氛立马紧张，所有人都得小心翼翼，唯恐冒犯了他。可这个暴躁的男人，也有他的软肋——女儿。再大的火气，只要女儿一出面，立刻烟消云散。在女儿面前，他完全像换了个人一样，温柔、谦恭、耐心。一次他和女儿一起坐车，行至中途，忽然看到路边一簇簇的野栀子花开得格外灿烂，女儿就惊喜地喊："爸，你看那些花开得多漂亮，摘一束放在房间里一定很香……"她转回头时，父亲已经跑到前面，又是递烟又是说好话，司机终于答应停车。车还没停稳，他已经跳了下去，飞奔到那丛花前，摘了一大束回来。一车的人都看着他，那么剽悍的一个汉子，捧着一束鲜花，放在鼻子下面深深吸了口气，兴冲冲地递到女儿手里，说："真的很香呢！"

朋友每说到这事，都会特别感慨：为什么粗糙、暴烈的父亲，竟会有如此柔情的一面？我想，只有一个答案：那一刻，他的角色是父亲。

去看刚生了宝宝的女友，一进门，就看见那位年轻的父亲，一只手轻托着宝宝的头，另一只手臂托着宝宝的身体，来回不停地走动，轻柔而有节奏地晃动着。女友嗔怪道："说过多少次了，不要这样晃宝宝，你就是不听，这样惯她，以后我可哄不了！"男人赔着笑："我哄，我哄……"说话时，他的眼睛始终没有离过孩子，一会儿说："快看快看，她在笑！"一会儿又说："呀，她在皱鼻子呢！"他的目光里满是怜爱和疼惜，温柔无比。

女友说："没生宝宝时，他一点都不喜欢孩子，哥哥的小孩到家里来，稍微吵闹一点，他就虎着脸把孩子训一通。现在自己有孩子了，没想到他竟疼得不像话，说话都不敢大声，怕惊着宝宝。宝宝哭一声，像剜他的心一样。他从前那样大大咧咧的一个男人，现在给宝宝换尿布、冲奶粉，动作比我还温柔细致。"

是的，这些粗糙的男人，暴烈的男人，强横的男人，骄傲的男人，不拘小节的男人，一旦做了父亲，就变成了天下最温柔的男人。只要有人柔柔地叫他一声"爸爸"，再强硬的男人也会化成一摊水，软得提不起来。

父亲是个特殊的称呼，柔软，通透，春风化雨，直抵人心。它会拨动你心里最柔软的弦，改变你的言行举止，甚至改写你的后半生。

男人最温柔的名字，是父亲。

母亲的梦话

千江雪

她和母亲一直是有距离的。母亲不是那种温柔细致的母亲,粗糙、邋遢,织不出漂亮的毛衣,说话总像跟人吵架,甚至收拾不好那个小小的厨房。

这些都不算什么,她最厌烦的,是母亲的梦话。母亲嗜睡,一睡必说梦话。或激烈地争吵,或愤怒地训斥,或绝望地哭泣,偶尔也会开怀大笑。母亲说梦话时的声音与白天不同,尖细、凄厉、带着颤音,在静夜里听来,常令她心惊肉跳。从她开始记事起,她就常常被母亲的梦话惊醒,所以很小的时候,她就开始一个人睡。但是那套老房子的隔音不好,睡到半夜,仍然会被母亲的声音惊醒。醒后就睁着大眼睛望着漆黑的天花板,无边际的恐惧像黑沉沉的山一样压过来,让她无处可逃。

她不明白,自己的妈妈为什么和别人的妈妈不一样呢?像同学小然的妈妈,她会给小然梳漂亮的辫子,穿洁白的公主裙,她家的厨房明亮、干净、温暖,小然妈妈系着白底碎花的围裙在厨房里轻手轻脚走来走去的样子,简直令她痴迷。有一天晚上下雨,她和小然一起睡觉。临睡觉前,她看见小然妈妈在小然额头上轻轻吻了一下,才轻悄悄地走了出去。那一刻,她的心,仿佛被什么东西刺了一下,她把脸蒙在被子里,泪水悄悄地流了出来。

她并不奢望母亲能像小然的妈妈一样温柔可亲，只是想，如果听不到母亲的梦话，该有多幸福啊！她开始想方设法地躲避母亲，中学时便开始在学校住宿，尽管她家和学校只隔着一条街。高考前，她不顾父母的阻拦，所有的志愿都填了离家千里之外的学校。读大学后，她很少回家，打电话回去，母亲接了，简单的几句问候后，她便陷入沉默，直到母亲叹息着，换了父亲来接。

其实那时候，母亲已经改变了许多。父亲告诉她：为了她喜欢喝的排骨皮蛋粥，母亲问了好多人，把需要的调料和步骤用本子记下来，回来一个人躲在厨房，一熬就是一个下午。大学第二年，她收到父亲寄来的包裹，打开，里面是一双毛线织的拖鞋，是小鸡的绒毛一样鲜嫩的颜色，手工稍显粗糙，厚厚的鞋底，她试了一下，脚放进去很舒服妥帖。父亲在信里说："这双鞋是你妈织得最好的一双了，还有很多废品在家里放着……也真难为你妈了，她一直那么笨……"

大三那年冬天，她因为感冒没有及时治疗，引发了肺炎。一个人躺在医院里，她想家，想父亲。电话打回去，隔天，竟是母亲风尘仆仆地来了。母亲刚推开门，她的第一句话就问："我爸呢？"母亲尴尬地站在门口，像个做错了事的孩子，小心翼翼地说："你爸单位里请不下假来，所以……"

母亲的话还没说完，她的脸已硬生生地扭向窗子。她想，为什么母亲要来呢？晚上睡觉怎么办？如果母亲的梦话把别人吵醒了，那多难堪啊。

因为护士输液时几次都没把针头扎进血管，母亲几乎和那个护士吵起来；母亲把削掉的苹果皮扔了一地，和同病房的人扯闲话，声音仍然那么响……一整天，她心烦意乱。晚上，她一直不敢睡，她想，如果母亲说梦话了，她就马上叫醒她。但是母亲也一直没有睡，后来，她便睡着了。那天晚上，她睡得格外安稳，第二天早上，醒来时不见母亲。同病房的阿姨说："你昨天晚上怎么了？不停地说梦话，你妈一宿都没睡，一直守着你，还不住地跟我们解释，说你小时候受了惊吓落下的毛病……"

她站起来，从窗口看到母亲正提着饭盒匆匆往医院赶，阳光下，母亲一头的白发亮亮地刺她的眼，突然地，泪就再也忍不住……

母亲的时间

萱萱

回家看父母,我想给他们一个惊喜,事先便没有打电话。进了家门,狗的狂吠引出了母亲。母亲张着一双沾满面粉的手,眼睛茫然地使劲往外瞅,想分辨出来人是谁。直到我走到她面前,叫她妈,她才反应过来。她欢喜地扯住我的胳膊,开口的第一句话就是:"你上次是初九回来的,今天初七,中间隔了整整二十七天。"

我一下子怔住。想起上次和朋友去旅游,走之前给母亲打电话,笑问她:"你会想我吗?"母亲答非所问地说:"你放心去玩儿吧,你离开家还差三天才两个月。"竟然快两个月了,有那么久吗?我每天忙着自己的生活,总觉得好像刚刚离开她,原来那些对我而言稍纵即逝的时光,于母亲,却是如此寂寞漫长。

是的,时间于我,如出膛的子弹,快得我还没来得及眨一眨眼睛,它便嗖地射了出去。读书,工作,散步,一日三餐,朋友聚会,偶尔出游……日子像上了弦,密集、紧凑、迅疾。一天,一星期,一个月……似乎还没有回过味来,今天已经变成昨天。

而母亲的时间,似乎是停滞的。我回一次家,她的记忆就留在那一天:

她给我摊了煎饼又炖排骨，掰了玉米又摘豆角，把鸡蛋一个个摆在纸箱里让我带回来，把冰在井里的西瓜和葡萄拿给我吃……那一天，母亲是忙碌而快活的，她行动敏捷，喜笑颜开，全然不像父亲说的那样，每天无精打采寂寂无为。我给她买的每一样东西，和她说过的每一句话，都成了她的回忆，在此后寂寞而漫长的时光里，不断地被重温、放大，成为她生活的重点。然后，她计算着日子，等待我下一次回家。

记忆里的母亲，似乎不是这样的。那时候，母亲每天天没亮就起床，挑水，做饭，割草，喂牛，养猪，饲鸡，下地干活，去集市卖鸡蛋和羊奶，晚上在灯下为我们姊妹几个做衣服和鞋……那时候的母亲，像一阵旋风，很难看到她停下来。她的时间，匆忙而逼仄，想让她陪陪我，无疑是件奢侈的事。

而今，老了的母亲，安静了，清闲了，她的时间突然就多了起来。年轻时为了生活终日忙碌，使她几乎没有自己的爱好，多年糖尿病造成的眼疾，又使她的世界空洞茫然。时光轮回，就像幼年的我曾经视母亲为唯一的寄托一样，在母亲漫长空虚的时间里，我也成了她唯一的寄托。她渴望我能停下来陪陪她，一如当年的我。

想到母亲期待甚至谦卑的眼神，我的心忽然变得酸软。我知道，在母亲的时间里，我是她钟表的钟心，她的时针、分针、秒针都围绕我。而此后，我的那只钟表里，母亲也是钟心。我们的心在爱里重叠，相伴，一直到老。

那些卑微的母亲

绚丽

每次去逛超市,都会看到那个做保洁的女人,也有五十多岁了吧,头发灰白,晒得黑红的脸膛上布满着细密的汗珠,有几缕头发湿湿地贴在脸上。她总是手脚不停地忙碌,在卫生间,在电梯口,在过道。她弯着腰用力擦着地,超市里人来人往,她刚擦过的地,马上被纷至沓来的脚步弄得一塌糊涂。她马上回过头去重新擦一遍。

有一次,我去卫生间正好碰到她。她的头垂得很低,看不到脸上的表情,只看见她的两只骨骼粗大的手,捏着衣角局促不安地绞来绞去。那双手是红色的,被水泡得起了皱,有些地方裂开了口子,透着红色的血丝。她的对面站着一个年轻的男人,看样子是超市的主管,那人语气严厉地训斥她:"你就不能小心点?把脏水洒在人家衣服上,那大衣好几千块呢,你赔得起吗?……这个月的工资先扣下……"她就急了,伸手扯住那人的衣袖,脸憋得通红,泪水瞬间涌得满脸都是。她语无伦次地说:"我儿子读高三,就等着我的工资呢,我下次一定小心……我慢慢还行吗?可不能全扣了啊……"她几乎就是在低声哀号了。

那次,和朋友一起去吃烧烤。我们刚在桌旁坐下,就见一个老妇提着一个竹篮挤过来，她头发枯黄，身材瘦小而单薄，衣衫素旧，但十分干净。她弓着身子，表情谦卑地问："五香花生要吗？……"彼时，朋友正说一个段子，几个人被逗得开怀大笑，没有人理会她的问询。她于是再一次将身子弓得更低，脸上的谦卑又多了几分："五香花生要吗？新鲜的蚕豆……"

她一连问了几遍，却都被朋友们的说笑声遮住。她只好尴尬地站在一旁，失望和忧愁爬满了脸庞。我问："是新花生吗？怎么卖啊？"她急慌慌地拿出一包，又急慌慌地说："新花生，三块钱一包，五块钱两包……"我掏了五块钱，她迅速把两包花生放在桌子上，解开口，才慢慢退回去，奔向下一桌。

逛街回来，遇上红绿灯。我们被交通协管员挡在警戒线内，等待车辆通过。这时，马路中间正行驶的车上，忽然有人扔出一只绿茶瓶子。瓶子里还有半瓶茶，在马路上骨碌碌转了几个圈，眼看就要被后面的车辗住。忽然，就见我身旁一个女人，猛地冲过交通协管员的指挥线，几步跳到马路中间，探手捡起那只瓶子，迅速塞进身后的蛇皮袋里。她的身后响起一大片汽车尖锐的刹车声，司机气急败坏地冲她嚷："抢什么抢，不要命了？"

她一边赔着笑往后退，一边扬起手中的瓶子冲着我们这边微笑。我回头，这才看到，我身后还有一个衣着破烂的男孩儿，也竖着两根拇指在冲她笑。母子俩的笑容融聚在一起，像一个温暖的磁场，感染了所有的人。我明白了，她是一个贫穷的母亲。那个水瓶，不过一两毛钱，可对她而言，可能是晚饭时的一个烧饼，或者是一包供孩子下饭的咸菜。

生活中，常常能看到这样的女人：天不亮就满城跑的送报工，满面尘土的垃圾工，摇着拨浪鼓收破烂的师傅，行走在烈日下的水果小贩……她们身份卑微，为了一份微薄的收入兢兢业业；她们又无比崇高，为了孩子，胸腔里藏着震惊世界的力量。

她们有一个共同的名字：母亲！

那些事

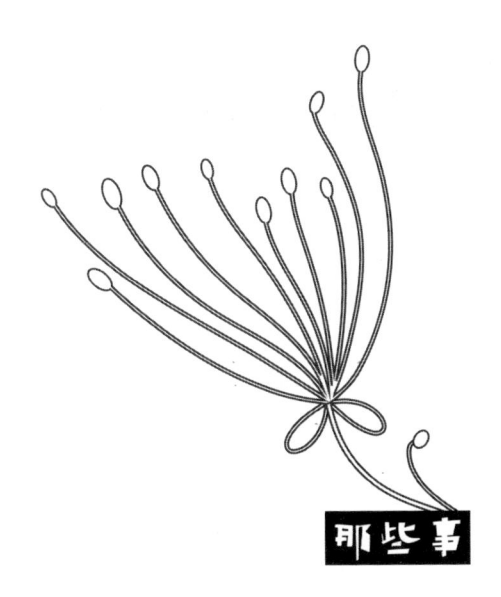

他们像两个顽劣的孩子，不停地吵架，故意惹下一个又一个麻烦，费尽心机制造各种矛盾，然后就理直气壮地要求孩子们回家，劝解、开导，帮他们解决问题。她当然明白他们这样闹腾，只是因为人到老年，孤独寂寥，想要寻求来自子女的温暖和关怀罢了。

老爸老妈那些事

李真一

一

她正在单位加班,老妈打电话来,她刚接起来,便听那头老妈哭得肝肠寸断:"妮儿,你再不回来,可就见不着你妈了……"

她心里一紧,惊得手里的杯子差点儿落地,声音都颤了:"妈,您别哭,到底怎么了?您生病了?"

老妈哭哭啼啼地说:"生什么病啊?还不是你爸那老东西,居然敢动手打我!我跟你说,这回我可和他没完,你们都回来给评评理,大不了离婚,我不和他过了……"

她哭笑不得,原来还是那点儿破事,提到嗓子眼的心"扑通"一下落了地,将老妈好言安慰一番,并答应和妹妹一起回去帮她评理,老妈这才哽咽着挂了电话。

打电话给妹妹,她还没开口,妹妹就急不可耐地抱怨上了:"姐,咱爸妈又吵架了,你说他们到底有完没完啊,什么时候才能消停一点儿啊?"

她无奈地笑："咱爸那脾气你还不知道？听妈的口气，这次事态好像还挺严重，都动手了。晚上回家看看吧，别再惹出什么事来。"

爸妈折腾他们不是这一回两回了。隔三岔五的，他们那边总要出点小事故，不是老妈抱怨嫂子不舍得花钱给她买衣服，就是老爸弄丢了家里的存折，要么就是老爸下棋时和人吵起来。甚至有几次，老爸打电话来，说突然头晕、恶心、胸口疼，她丢下手头的工作，急三火四地赶回去送他上医院，排队挂号做各种检查，结果出来，什么事也没有。

他们像两个顽劣的孩子，不停地吵架，故意惹下一个又一个麻烦，费尽心机制造各种矛盾，然后就理直气壮地要求孩子们回家，劝解、开导，帮他们解决问题。她当然明白他们这样闹腾，只是因为人到老年，孤独寂寞，想要寻求来自子女的温暖和关怀。可是他们兄妹三个，个个都忙，大哥做生意，忙得一年到头也见不了几次；妹妹和妹夫开了养殖场，每天忙得像陀螺；她要供房，要养家，要教育孩子，重重压力之下，忙得焦头烂额，丝毫不敢懈怠，再加上老爸老妈这样不消停地闹腾，真是心力交瘁。

二

晚上，她和妹妹回去的时候，老两口笑意盈盈地在门口等着。餐桌上摆着她爱吃的酸菜鱼和妹妹最爱的红烧肉，气氛和谐亲密，哪里有半点战争的影子？

她疑惑地问："你们俩这么快就和好了？"老爸避而不答，边吩咐老妈去拿筷子边得意地炫耀："今天的鱼是我照隔壁你秦阿姨学的新法子做的，你尝尝，味道是不是不一样？"

妹妹气呼呼地批评爸："爸，你还真动手打我妈啊？也不看看什么岁数了，还打架？还闹离婚？小孩子玩过家家呢？"

老爸局促地搓着手，不好意思地嘟哝："谁动手了？我就是推了一下，你妈就爱小题大做。"

老妈心直口快，马上交了底："谁小题大做了？不是你说想孩子们了，让我配合你演戏吗？"

她终于火了："敢情您二老是没事儿遛我们玩儿呢？您知不知道我们有多忙？小艳那儿几千只鸽子等她喂呢，我的小说都被出版社催了几遍了。爸，妈，求你们了，以后没事别折腾我们了行吗？"

老爸脸上的笑容凝固了，老妈脸上也灰灰的。好久，老爸像个犯了错误的孩子，嗫嚅着道歉："妮儿，你别生气，爸知道你们都忙，可是人老了没出息，天天就担心你们在外面吃不好穿不暖的，怕你们受委屈，还总回想起你们小时候的事……爸向你保证，以后不会了。以后你们有空了回来看看，没空就打个电话，爸妈知道你们好好的就行了。"

那之后，爸妈果然消停了一段，电话明显少了。她打回去问候，老爸也很乖，说血压正常，心脏正常，和老妈关系正常，让她安心工作，不用挂念。她便放了心，上班忙工作，下班照顾孩子，晚上还要熬夜写小说，时间紧得似乎针扎不进。

三

那天，她临时接了一个任务，要采访一个老年歌唱团，约好了早上六点半在公园见。很少起早的她硬撑着起床，赶到公园时，她突然看到，在公园一角，爸妈正和几位老人在做按摩。一个脖子上挂着听诊器的姑娘在帮老爸调整按摩的力度。她声音温柔、笑容灿烂地对老爸说："这样行吗？受不了的话我帮您调轻点儿。"一会儿又转到妈面前，柔声细语地夸赞："阿姨，您这围巾好漂亮，真衬您的皮肤。"

他们面前是两张简陋的桌子，铺着白布，上面放着血压计、治疗仪，还有一盒盒的药。姑娘像只燕子一样，轻盈地穿梭在老人们中间。"阿姨，这药要饭后吃，对您的白内障有好处。""叔叔，这治疗仪您买回去后，每天两次，要坚持按时做……"

她听到老爸说："小蓉啊，你明天再给我带三个疗程的药，这药还真挺管用的，这阵子血压不高了，心脏也好了。我再巩固巩固。"

小蓉快活地回："好，我还给您打八折。"

她终于忍不住冲了过去，拿过那药一看，全是可吃可不吃的保健品。她问："爸，这药多少钱？"老爸看着如同天降的女儿，突然局促起来，迟疑着答："不贵，一个疗程一千二。"

她叫起来："这还不贵？三个疗程您一个月的退休金就没了。"又转向那个姑娘，拿出记者证，声色俱厉地问："你有行医资格吗？这是正规厂家出的药吗？"

姑娘脸上的笑容没了，嗯嗯啊啊答不上来。她严厉地说："你这是非法行医知道吗？骗老头老太太们的退休金你也下得去手啊？"

老妈却过来拉住她："你别吓小蓉，这孩子挺好的，心地善良，又勤快，经常去家里陪我和你爸聊天，还帮我们洗衣服，家里的煤气也是她给换的……"

她义愤填膺地说："她的好都是有目的的，还不是冲着您每月那三千块钱去的。"

老妈却在身边小声说："那药真挺管用的，还有这按摩器，效果也很好，我的腰都不疼了……"

她恨恨地跺了一下脚，又气又无奈。

四

去采访回来，她忽然想到这个地方离家只有两站路，不如顺路去看爸妈。到家时天已黑了，万家灯火初上，空气里飘荡着食物的香味。想起自家的餐桌上也许会有老爸拿手的酸菜鱼，或者妈妈烙的葱油饼，她便垂涎欲滴。

家门虚掩着，推开，并没有想象中的灯火辉煌，客厅没有开灯，电视开着，几近无声。屏幕上一群男女在欢乐地舞蹈，屏幕前，老爸蜷缩在沙发里，仰着脸，头歪在一旁，呼噜声震天。一串亮晶晶的口水，在他半张着的嘴边摇摇欲坠。

不知怎的，她的心突然就酸了。老爸年轻时是有名的帅哥，她见过他的老照片，二十啷当岁的父亲，剑眉朗目，三七分的头发梳得锃亮，一条白围巾搭在脖子上，很文艺的英俊小生。她也记得他中年时的模样，喜欢穿稳重得体的中山装，喜欢将自行车骑得又快又稳，轻轻一抬臂，就能将妹妹举上头顶，喜欢照相，随便摆个姿势，都那么风度翩翩。她当然也还记得他前几年的样子，虽然头发白了一部分，脸上的皱纹渐渐加深，但依然精神矍铄，声如洪钟，走起路来健步如飞，她和他掰手腕，他轻轻一下就把她撂倒。

他怎么一下子就这样苍老了呢？

家里的老猫伏在他的脚上，眯着眼睛打盹儿。他看到她，懒懒地动了一下身子，又闭上了眼睛。她轻手轻脚地走过去，将毛毯盖在他身上，去厨房找老妈。

厨房亮着一盏小灯，昏黄冷清的灯影下，老妈正笨拙缓慢地切咸菜。她眼睛睁得很大，却很茫然，手里的刀仿佛有千斤重，高高举起来，再慢慢放下去，在案板上发出迟钝的声响。旁边切好的咸菜丝，根根都那么粗壮。她在门口站了半天，妈妈却毫无察觉。

她心里又是一酸，想起母亲年轻的时候，也是厨房里的一把好手，敏捷利落，切的萝卜丝像丝线一般。这几年，因为糖尿病并发症，她的视力越来越不好，精神状态也大不如以前。可她从来没想到，一顿简单的晚饭，对如今的妈妈而言，已经成了难题。

她进去接过妈妈手里的刀，妈妈一惊，看到她，又是惊诧又是高兴，双手无措地在围裙上擦着："怎么不打电话就回来了？一点准备都没有……发面来不及了，要不给你做烫面饼吧？"

她指着案板上的咸菜问："你们就吃这个？"

妈妈叹口气说："你们都不在，我和你爸能凑合就凑合了。人老了，也犯懒，不想太麻烦……"又像突然惊醒了似的，"哎呀，我忘了熬粥了……"

她把妈妈推出厨房，动作麻利地炒菜煮粥。去阳台上找蒜的时候，她吃惊地发现，阳台的角落里，竟然整齐地堆了一摞小蓉姑娘卖的保健药，还有一台远红外理疗仪——包装都没拆。

她的心扑通一下，忽然醒悟过来：原来爸妈买那些保健药和治疗仪，不是为了治病，而是为了医治寂寞。她一下子明白了他们对小蓉姑娘的感情：是的，他们老了，他们身边的确需要这样一个人来陪他们聊聊天，帮他们跑跑腿，换换煤气，买米买油……他们不愿或者不敢麻烦孩子们，所以，心甘情愿地选择上当。

五

那晚，她没走，陪爸妈聊到很晚，说起他们兄妹小时候的事情，父母兴致勃勃，劝了几次都不肯去睡。

第二天，她打电话给中介委托把爸妈的房子租出去，又让老公在他们住的小区找一套合适的房子，帮爸妈搬过去。是的，她不想让爸妈在孤独的思念中度过晚年，在剩余的也许并不多的日子里，她要陪着他们，幸福地度过每一天。

两个男人的爱恨情仇

张小菲

总有一天我会报仇的

他和父亲完全是两种类型的人。父亲急躁易怒，他沉稳细致；父亲张扬夸张，他却沉默内敛。他和父亲的长相也没有一点相像的地方，父亲的脸型是长的，他是标准的国字脸；父亲的头发是软的，他的头发却一根根直竖着，硬如钢刺。他看过父亲年轻时的照片，乌黑的头发，颈间围着白围巾，非常潇洒儒雅。而他，小眼睛，大鼻子，厚嘴唇，普通得不能再普通。他常常对着镜子纳闷，父亲的潇洒怎么就一点都没遗传给他呢？

十岁之前，在父亲面前，他是个乖巧的孩子。父亲脾气暴躁，常常和母亲吵架。每次吵架，他总是明着站在父亲这一边，暗地里再安慰母亲。父亲在家的时候，他干活便特别卖力，割草、喂牛，手脚不停。父亲从外面回来，他跑前跑后，端茶递水，把父亲伺候得舒服熨帖。父亲高兴了，会带他去镇上喝一碗牛肉汤。那便是他的节日了。他坐在父亲的自行车前梁上，在村子里招摇而过，骄傲地扬起头，对伙伴小胖和阿四的招呼理也不理。一路上不断有人和父亲打招呼，他不时扬头看一下父亲，觉得父亲真是厉害。

　　是从什么时候起，他不再做父亲眼里的乖孩子了呢？学校让交学杂费，他把父亲给的钱拿到村里的小商店，全都换成一毛一毛的钢镚儿，沉甸甸地背着到学校，把书包打开，口朝下哗啦一下倒在老师办公桌上，让老师一个一个去数……老师告到父亲那里，父亲一巴掌把他打到墙角，脸上的红印好几天才消下去。

　　读初中时，他和学校里一帮顽劣的孩子拉帮结派，拦截同学，戏弄老师。有一次，他们为一个同伴报仇，和另一帮人打架，结果把对方一个人打得头破血流。叫来他的父亲，父亲收拾好他的书包，一言不发地领着他走出学校。到家后，父亲铁青着脸坐在沙发上，开始很安静，他听得见父亲沉重的喘息声。忽然，父亲腾地站起身，抬起手就朝他冲过来，嘴里骂着："混蛋，你是不是不想活了？"

　　母亲扑过来把他挡在身后，急得直哭："你要是把他打出毛病来，我和你没完！"又转回头朝他喊："冤家，还不快跑？"他站在墙角一动不动，他想看看父亲会不会真的狠心要了他的命。

　　父亲一把推开母亲又冲过来，吼着："都是你养的好儿子，我今天非打死他不可……"他依旧站着一动不动，心里只有一个念头：周大宾，只要你还留我一口气，总有一天我会报仇的。

我不是他的儿子

　　中考成绩出来，他的分数连最差的高中都上不了。他自己当然早就厌倦了读书，就死活不肯再读。父亲倒没有勉强他，他在家里游手好闲了半个月后，父亲丢给他一身破旧的工作服和一双手套，说："你今天跟我去上工。"他躺在床上，双手盖着眼睛没有动，父亲一伸手把他从床上揪下来，抬腿就是一脚："兔崽子，还想让老子养你到啥时候？"

　　那时父亲在一家工厂做电焊工，一个月165块钱的工资，养一个上有老下有小的家，的确捉襟见肘。他跟着父亲去工厂，说是工厂，其实全是露天工作。父亲穿着黑乎乎的工作服,趴在高高的脚手架上,手里的焊枪火星四溅。那是酷暑天,暴烈的阳光直射下来,汗水很快便洇湿了父亲厚厚的工作服。他给父亲递钢管,眼睛好奇地盯着那些四下飞溅的火花看。飞扬四散的焊花仿佛绽放的烟花,绚烂耀眼。他呆呆地看着,一时竟失了神。父亲抬手就把手中的面罩朝他身上砸去:"你还想不想要眼睛?戴上眼镜去!"

他终于还是被焊花刺伤了眼睛,眼睛红肿着,又涩又痛又痒,不断地流眼泪,眼前模糊一片。他跟父亲商量,能不能请假休息一天,父亲黑着脸不理他,照样把他指挥得团团转,不停地对他喊:"钳子……扳手……焊条……"旁边一起干活的人说:"老周,这是你儿子吧?眼睛刺成这样了,去找点奶给他滴滴啊……"父亲没说话,他正好走过来,把肩上扛的钢筋"哗啦"一下撂在地上,瓮声瓮气地说:"我不是他儿子!"

父亲握着焊枪的手突然抖了一下,焊枪夹着的焊条落在地上,一串明亮的火花跟着溅落在父亲的衣服上。父亲蹲着没动,把焊条捡起来,重新夹好,灿烂的火花一闪一闪的,在火光的映照中,他看见父亲掩在面罩后面的脸有几分凄然,嘴角和眼角剧烈地抖动着。

那天下班后,他拿着饭盒去食堂打饭,路过食堂对面的家属院,模模糊糊中,他看见父亲的身影。父亲怀里抱着一个孩子,孩子不停地哭,父亲来回地转着圈,嘴里"哦哦"地哄着。父亲的声音全没有平日对他的粗暴,非常温柔。旁边坐着一个女人,背对着父亲,问:"半杯够吗?"父亲躬着腰,很谦卑地连声说:"够了够了……"

他心中疑窦顿生,也顾不得眼睛疼,紧走几步跑过去,那女人正好转过身子,一边整理衣襟一边把半杯奶递给父亲。女人说:"看够不够,不够再来。可别再买奶粉、麦乳精了,你也是为了孩子,都怪不容易的……"

父亲连声应着,转回身看见他,狠狠瞪他一眼,端着半杯奶走了。

那天晚上,父亲几乎一夜没睡,隔两个小时便给他眼睛里滴几滴奶,又用纱布蘸了奶敷在他的眼睛上。父亲粗糙的手拂过他的面颊,很温暖。

第二天起床,眼睛好了。他的心里却有些微的遗憾:要是眼睛一直不好,他是不是可以多享受一点父亲的温柔呢？

我就是要饭，也要绕过你家走！

他跟着父亲，在那个厂里一干就是六年。六年里，他从父亲那里学得一手电焊的好手艺，人也从一个懵懂少年长成一个英俊挺拔的青年。但是他和父亲的关系却一点儿都没有改善。只是，从前是父亲打他骂他看不惯他，现在反过来了，他看不惯父亲总是跟人吹牛，埋怨父亲做事没有主心骨，嘲笑他笨得连三角形定律都不懂，还有，父亲头脑简单容易冲动，每次出去，不是被人骗买"美元"买回来一堆废纸，就是恭恭敬敬地抱回一尊"金佛"，回来才发现原来是铜铸的……

每次看着那些辛辛苦苦的血汗钱被父亲轻飘飘地扔出去，他就恨得牙痒痒。但他从来不会像父亲那样，心里不满就摔盆砸碗乱发脾气。他生气时只是黑着一张脸，沉默寡言，阴得像是能拧出水来。他知道，外表强大的父亲，其实最怕他这一招。

他羽翼渐丰，蠢蠢欲动，时刻寻找能离开父亲的机会。恰好这时候他们那个工厂因为效益差，他就和父亲双双下岗了。下岗之后父亲很失落，好一阵子情绪低落，动辄就对母亲大发雷霆，家里到处都是火药味。他却如鱼得水，四处托朋友找门路，天天忙得不着家。没过多久，他的电气焊修理部就挂牌营业了。

开业那天，父亲背着手在他租来的那间门面房里转来转去，试试电源开头，检查工具箱里的工具，再看看街上来来往往的人。他从父亲身边过来过去，看得出父亲眼里的欢喜和忧虑，却不理会，只是热情地招呼顾客，从容坚定地回答他们提出的问题。他在心里说：周大宾，现在你知道我不是窝囊废了吧？

店里生意不错，他专门请了几个熟练的师傅，每个月，他按时把一沓钞票交到父亲的手里，他说，你们啥也别做，就在家安心养老，别给我添乱就行了。

父亲每天中午给他送饭，他总是在忙，很少和父亲说话。父亲在店里转来转去，一会儿摸摸焊枪，一会儿给面罩上换个镜片。有一次母亲跟他说："要不，让你爸去帮着你干吧，他天天在家闲得无聊，都快闷出病来了。"他本想拒绝，又想到父亲落寞的眼神，就答应了。

父亲只做了七天，就再也不肯去了。那天他接了一桩外面的活，店就交给了父亲。晚上回来盘账，发现竟收了一张假币。他火冒三丈，把那张钱撕碎了扔在地上，冲父亲吼："你怎么会这么笨！"

父亲再没去过他的店，自己在街口摆了个充气补胎的摊子，打一次气两毛钱，补个胎两块钱。父亲说，我就是要饭，也要绕过你家走！

你说谁是杂种

他的生意越来越红火，扩大了店面，雇了十几个工人，买了车，很像样子了。

每次，他开着车回家，看到父亲在街口趴在地上给人扒车胎，两手油污，头发蓬乱，心里就有说不出的滋味。其实他每月给父母的钱，完全可以让他们过舒舒服服的日子，可是不管他拿回家多少钱，父亲都分文不动，依然每天出来补他的车胎。辛辛苦苦一天，有时挣十块，有时挣二十块，父亲说："不要你的钱，我自己能挣，也够我和你妈花了。"

二十八岁那年，他爱上一个漂亮的女人。他带她回去见父母，直截了当地说，这就是我为你们选的儿媳妇。

父亲明显不喜欢她，却也不说，仍然做了一桌子的好菜，并没让他难堪。但是等送她走了之后，父亲坚决地表示反对，父亲说这女人一脸的妖气，怕不是个过日子的人，你们将来未必能长久……

他自然听不进父亲的话，硬邦邦地和父亲顶了起来。父亲一时急了眼，抓起来桌上的啤酒瓶"砰"地往墙上一击，举着剩下半截的瓶子就朝他刺来，破口大骂："小杂种，还反了你了！"他一伸手，稳稳地接住父亲的手腕，轻蔑地直逼着父亲的眼睛，冷冷地反问："你说谁是杂种？"

父亲一时竟愣住了，嘴角和眼角又开始剧烈地跳动，僵持了一会儿，父亲终于颓然退回沙发上，再无一言。

他结婚的时候，父亲没有参加。婚礼上，他喝醉了，揽着新娘的肩，一遍遍地说："我一定要证明给他看，我的选择是对的。"

然而婚后的日子并不像他想象的那样和美，女人花钱如流水，他赚的那点钱根本经不起折腾。结婚一年半，女人便弃他而去。

我其实是爱你的

离婚后他又搬回去和父母一起住，父亲仍然每天去街口出摊，有时候他会坐在父亲的摊上，陪着父亲抽支烟；有时他回来会带几个小菜，陪父亲一边喝酒一边看电视。两个人仍然很少说话，但是他觉得自己的心离父亲很近很近。

春天的时候，父亲胆结石发作，疼痛难忍。他带父亲去医院做手术，父亲竟然很听话，从体检到手术前都很配合。进手术室没多久，父亲又跑出来，孤零零地站在走廊中，远远地朝他挥手。他走过去，父亲看着他，欲言又止。他明白父亲是怕手术发生不测，想嘱托他什么。他紧紧地握了握父亲的手，想安慰父亲几句，始终究没有说出口，却在父亲的掌心里发现一张已经濡湿的纸条。

父亲进了手术室，他坐在外面的长椅上，展开纸条，上面是父亲凌乱的笔迹：正儿，考虑了很久，还是决定把这件事情告诉你。我怕万一我有什么不测，它会成为你永远的遗憾……三十二年前，你父母离婚的时候，你妈已经怀上了你。我和你妈结婚七个月，就生下了你……所以，我不是你的亲生父亲……我脾气不好，打过你骂过你，你或许也在心里怨恨过我，但是你知道，我其实是爱你的……

他的头靠在手术室的门上，泪，一点一点模糊了双眼。他想告诉父亲，老爸，是不是亲生的有什么关系呢？我只要你能平安出来，还能结结实实地挨上你一脚，听你骂一声"兔崽子"……

烤饼里的深情

王举芳

林子拿出一块烤饼递给我说:"有一家新开的烤饼店,老板的促销方式真新颖,他说饼要是与妈妈一起吃,拍张合照给他,可以返还一半钱。"

我无辜地望着林子:"拜托,我还不到奶奶级别呢。"林子给了我一个漂亮的白眼,说:"你想得美,我是让你尝尝饼的味道。我要回家和我妈一起吃饼、拍照了,我好久都没和妈妈拍过合照了呢。"

看着烤饼,我的心里充满了好奇,轻咬一口仔细品味儿,除了面的香味、油盐的香味、星星丝丝的花椒味儿,没有什么特别。

路过烤饼店,长长的一队人排着等买饼,熙熙攘攘,好不热闹。闲来无事,我也加入了排队的行列。

"老板,我妈妈非常喜欢吃你烤的饼,看,我和妈妈的合照,我发给你。"

"好,返还你的钱是用饼代替还是给您现金呢?"

"饼,另外您再给我来三个饼。"

"好嘞。"

就在这样的重复节奏里,半个小时后,终于轮到我,我仔细打量着老板:洁白的卫生帽下露出鬓角的霜白,笑纹满脸都是岁月的痕迹,看上去是个接近六旬的老人了。我说我要两个饼,他说记得与妈妈一起吃,拍张合照给我,返还一半钱。我点点头。拿着饼往家走,突然有些难过,他不知道,在一年前,我的妈妈病逝了。

一个人吃着烤饼,想念和妈妈在一起的时光,有些伤心,也有些美好。

再去买烤饼,老板问我拍没拍照片,我低低地说我母亲已经去世了。他说,和别人的合照也行,比如和你的婆婆、姑姑、姨妈等,她们都是母亲。

老板如此做生意真让人摸不透,一定会亏本,除非他卖的价高,是暴利,可是他的烤饼价格本来就是很低的。这是精明的林子的演算结论。

一个阴雨绵绵的下午,路过烤饼店,店里没有顾客,老板一个人坐在那里,望着满墙的照片发呆。那些照片都是顾客和妈妈的合影。我走了进去。他立即起身招呼我。

"带照片了吗?"他问。

我没有回答他的问题,在凳子上坐了下来。我说我妈妈一年前去世了,我没有妈妈了。我的声音有些哽咽。他端了一杯热白开水放在我面前,在我对面坐下来。他说:"是啊,妈妈没有了,就再也没有妈妈了。但妈妈不会远离,她一直在。"

有雨的天气,适合诉说一些往事。他轻缓地说:"我童年的时候,日子穷啊,一家的白面没有多少,只有过生日时妈妈才会给我做烤饼吃。那一年爸爸病逝,欠了很多债,生日别说是吃烤饼了,连口干粮都没有。妈妈抱着我欲哭无泪。邻居知道那天是我的生日,我和她家的孩子是同一天生日,特意送来了一个烤饼,还有一点白糖。白糖在热热的饼上融化,黏黏的,甜甜的,真香。长大后远离家乡,常想起那带着糖的烤饼,现在做梦都觉得嘴巴甜甜的。"他的脸上溢满幸福。

临走,他给我两个饼,执意没收钱。

我对林子说,从没见过这样做生意的。

林子说:"我摸查了这个老板的底细,他在 A 城拥有很大的公司,现在交给他儿子打理了,根本不差钱。要是这烤饼能白送就好了,我妈妈特别喜欢吃。"我白了林子一眼:"想得美!"

还真让林子美着了。没过几天,老板又推出新的促销方式,说只要是六十岁以上的老人,每天光顾该店的前十名顾客,凭身份证免费赠送烤饼,此前的优惠继续。

一个敢于做亏本买卖的老板,图的是什么呢?我百思不得其解。更让我想不到的事情还在后面。

一个星期后,老板又出新花样,说只要在吃烤饼时与你爱的人和爱你的人分享,拍一张照片传给他,就可以享受优惠。这是嫌赔得不够多吗?

我终于忍不住,对老板说:"您这样做生意很快会把店赔掉的。"

他说:"我开烤饼店本来也不是为挣钱。"看我疑惑的样子,他继续说:"妈妈最喜欢把自己做的烤饼分给左邻右舍,看着别人喜欢,她就欢喜得不得了。九十岁的妈妈,手把手教我做烤饼。几天后,我独自成功制作出了烤饼,妈妈尝了一口说和她做的味道一样。那晚她睡得很安详,再也没有醒来……今天,是她去世后的三七。"他的眼里蓄满了泪水。

我也禁不住泪光盈动。母亲的爱,总是这样平凡,细小而又伟大。

一个个烤饼,凝聚着一个儿子对母亲浓浓的爱和最深情的缅怀。

风中读诗的男孩

王举芳

男孩十来岁的样子。

男孩站在风口,双手努力捏住一张纸,风把纸吹得哗哗响。风声太大,且是风的逆方向,我听不清男孩读的什么,只看见他的嘴一张一合,神情那么专注而认真,像在诵读一篇入心的诗文。

好些天了,男孩都站在这个风口读着手中纸上的文字,小小的单薄的身影,稚嫩的脸露出严肃的神情,让我生出无限猜想。我极想听清楚他在读什么,但我不能靠近他,不能打扰属于他的小小世界和幸福时刻。我知道,人在专注于一件事的时候,心里是温暖又美好的。

一天清早,我看见一个老大爷站在男孩身后,欲言又止,最后无奈而不舍地离去。

一天中午,我看见一个年轻的女子领着个刚学会走路的孩子站在男孩身后,静静听男孩诵读完,女子用手轻拭着眼睛。

一天黄昏,我看见一个老太太站在男孩身后,夕阳照在她的身上,她站在那里一动不动,静止成一座雕像。

一个天上飘着毛毛雨的下午,我撑起伞,走下楼,向男孩走去。

我在离男孩两米左右的地方停住脚步,目不转睛地望着他。男孩的头发上,雨滴凝成的水珠闪着光,像晨曦中草尖上的露珠,清澈、晶莹。

男孩还在读着纸上的字,而我,除了细细的风声和细细的雨声,没有听到一声男孩的诵读。我的心里充满了疑问。我轻轻迈动脚步,像一只轻巧的猫,慢慢靠近。

"小南,下雨了,别读了,咱们回家吧。"是那个老太太。老太太看到我,笑笑,很慈祥的笑容,像我的母亲。

男孩太专注,没听到老太太的话儿,老太太用手指轻轻戳戳男孩手中的纸,男孩停止了诵读,抬起头望着老太太。老太太轻抚去男孩头发上的雨滴,牵他的手,向附近的一个居民小区走去。我的心,莫名地多了几丝伤感。

接下来的几天,那个风口中的男孩不见了。我站在窗边,使劲地张望,却没有男孩的影子。我的心里挤满了失落。

我站在风口,因为少了男孩,风口显得那么孤独。我站在风里,学着男孩的样子,无声地诵读着……

忽然,男孩出现在我面前,望着我,腼腆地笑着。我像等待久违的故人般,一下把男孩搂在了怀里。冷静下来,我望着男孩,满脸不好意思。男孩倒是十分坦然。

"你叫小南是吗?你在读什么?能给我看看吗?"我眼睛看着男孩手中的纸。男孩点点头,把纸递给我,上面是手写的几行字:"凯风自南,吹彼棘心。棘心夭夭,母氏劬劳。凯风自南,吹彼棘薪。母氏圣善,我无令人。爰有寒泉?在浚之下。有子七人,母氏劳苦。睍睆黄鸟,载好其音。有子七人,莫慰母心。"我知道,这是《诗经》中的《凯风》。这首诗赞美的是母亲的辛勤、劳苦、明理,颂扬母亲的美德,还表达了自己难以回报、宽慰慈母之心而惭愧不安的心情。

男孩接过我手中的纸,站在风口,读了起来。他的嘴在一张一合,我依旧没听到他的声音。

"到这边坐坐吧。"是那个老太太。

"小南在给他妈妈读诗。这个孩子，小小年纪，很懂事。前几天生病了，在医院也没有停止给妈妈读诗。"

"他妈妈呢？"

"在南方的一个偏远山区支教。"

"小南为什么非要站在风口读诗？"

"他告诉我，风有翅膀，能把他的声音传到妈妈耳朵里。"

"小南的妈妈，是我的女儿。六年前得了子宫癌，她决绝地提出离婚后，一个人跑到山区支教。这些年病魔好像忘记了她，她总说是孩子们给了她第二次生命，所以她要把自己的生命奉献给孩子们。可就在不久前，一场特大暴雨引发的泥石流席卷了她所在的小学校，她的身子躬成船状，护着身下的孩子，自己被砸晕，到现在还没醒来。小南听医生说亲人的呼唤也许能唤醒她，就每天为妈妈读诗，这首诗，是我女儿教给他的，也是我女儿……最……喜欢的……"老太太已经泣不成声。

稍后，老太太用力擦擦眼中的泪，喉咙里使劲吞咽着什么，好像要把所有的悲伤都吞到肚子里去。

"小南是我女儿初到南方支教那年收养的聋哑弃儿。"

我的泪再也忍不住了。我努力平复着自己的情绪，然后走到小南身边，与他一起大声念着："凯风自南，吹彼棘心……"

温暖冬天的手

芳心

冬天来了。去散步,一个人迎着风。凛冽的风在脸上丝丝划过,微微地痛。戴着手套,手指头依然敏感地觉察到冷。将手揣进兜里,才有了温暖之感。

在一家超市门口的一角,蜷缩着一个小女孩,破烂的衣衫那样单薄,蓬乱的头发看上去好久没洗了,都凝成了绺儿。她蜷缩在那里,瑟瑟发抖。每当有人走过她身边,她就举起手中残破的瓷缸子,一双眼睛那样明亮。

有的人会给钱,有的人犹豫一下就走了,有的人连看也不看她径直走去。我走到了她面前,她举起破瓷缸,望着我,眼神清澈得像一朵栀子花。我掏出十元钱,郑重地、轻轻地放进瓷缸里。她笑了,笑着冲我鞠了一个躬。我笑笑,起身走去,我不知道她为何小小年纪就沦落到乞讨,唯愿她早早有一天结束这样的生活,寻得一份安稳的生计。

落光了叶子的树努力把树枝伸向天空,它是不是也感觉到了冷,想要离太阳近一点、再近一点呢?

我的前面,有一对母子,年轻的母亲领着幼小的孩子。走一会儿,母亲就蹲下来,并紧双手来回搓,搓热之后握住孩子的小手,轻轻地说:"不冷了吧?暖和了吧?"孩子使劲点点头,奖给妈妈一个响亮的吻。

我走在她们身后，不舍得超过去。这是多么温馨的画面啊，让我的心头暖意融融。

不禁想起了小时候，母亲也是这样为我暖手。她的手那样粗糙，握住我的手时会让我有细微的疼痛，但又是那样温暖。母亲用粗糙的双手温暖了我人生所有的冬天。现在我也成了母亲，也用一双手像母亲一样握紧孩子的手，把温暖一度一度传递。

眼前的母子拐进了一条巷子，我站在那里看着她们，直到她们的身影消失不见，心上的温热依旧。

扫街的大妈挥着手中的扫帚，把街道扫得宽敞明亮。她忽然站住，望着向她走来的男人笑了。男人走到她面前，笑着，不说话，伸出手，摘掉手套，握住大妈的手，四目相对无语，我分明看到了那眼睛里的最深切的爱。这爱无声无息，却紧紧相牵，即使相隔天涯也温暖。这种历经风霜岁月的爱，早已融入了生命的真实，在流年里相依相伴。

微笑着折返身往回走，风不那么清寒了，它的心情仿佛也是喜悦的，喜悦地抚摸着我的脸，我感受到了它的愉悦。

又到超市门口，此时，那个女孩面前站着一位头发花白的老太太，身材瘦削，面容憔悴，凌乱的头发在风里飘着。她用满是皱褶的手握住女孩的手："孩子，冻坏了吧？"女孩摇摇头。

"都是我不好，你看你的手冻得冰凉冰凉的，现在暖和点了吧？"女孩点点头。我看着她们一老一少，心里的温暖禁不住地徜徉。

在超市工作的邻居说，那一老一少都是苦命人，老人没有儿女，老伴去世后，她就孤身一人了，靠救济过日子，偶尔也捡拾些废品卖钱。女孩是她几年前抱养的，两人相依为命。最近老人生病了，可是住院要花钱，女孩就瞒着老人乞讨，她说想给老人治病，她不想没有家。

邻居是个热心人，她在超市门口讲述着一老一少的故事，一双双手如一束束光，汇聚成链，封锁寒冷，映亮了幸福的泪滴。

我的心和眼被温暖的潮润泽着，感动着。红尘有痛，但更多的是希望。因为，无论多冷，总有一双手会为你带来温暖。

秋 水

芳心

"山村的秋天，赤橙黄绿青蓝紫，你喜欢什么颜色，它就有什么颜色。"秋水说，一双大眼睛清澈明亮，仿佛一面镜子。

"有你说的那么美吗？"文嘉眯着眼睛看着秋水，语气里有几分怀疑。

"真的，我不骗你，不信，你跟我去乡下看看。"

"去就去！要是没有我想要的颜色，有你好看！"

看文嘉去房间收拾行李，秋水笑了。

秋水十六岁，今年刚初中毕业，爹对她说："一个丫头，上个初中就行了，这么大了，该帮衬家里了，你弟弟可是一定要上大学的。"对于爹的话，秋水一句怨言也没有。村里同龄的女孩子上初中的都不多呢，她觉得自己已经够幸运了。

掰完玉米，田里的农活基本结束了。秋水不想窝在家里，她想出去挣钱，但爹不同意，爹说："外面的花花世界啥人都有，被骗了咋办？"

秋水去找憨子叔，他的女儿静雯在城里的一所中学当老师。

"秋水，你能辅导得了小学生的功课吗？"憨子叔问。

"能！我的学习成绩很好的，我保准辅导得了！"就这样，静雯把秋水介绍到了文嘉家,负责给文嘉辅导功课。文嘉今年十三岁,上小学六年级。

下了公交车,文嘉左右张望。深秋的田野一片衰败的景象,除了柿子树梢上几枚残留的柿子招摇着一抹黄,难寻其他颜色。

"秋水,你个骗子!我要回家!"文嘉气呼呼地往回走。

"文嘉,我没骗你,你相信我。走,我带你去个地方。"秋水拉着文嘉的手,向村后走去。

一座破旧的房子外,一圈长长的篱笆墙,篱笆墙上开满了各色的喇叭花,素雅的粉白、艳丽的深红、夺目的酱紫,每一朵花都开得那么热烈。

"这是什么地方?"文嘉问。

"嘘!不要大声说话,学生们正在上课。"

"周末也上课?"

"周老师是唯一留下来的老师,身体不好,所以只能趁她身体好的时候上课,也就不管是不是周末了。"

不一会儿,放学了,孩子们似一只只蝴蝶飞了出来。

"周老师!"秋水跑过去扶住慢慢行走的一位老妇人。老妇人苍白的头发,沧桑的面容,身子瘦得像一枝野菊,但她的眼神亮亮的,很清澈。

文嘉走进低矮的教室,不由大吃一惊:屋子的墙壁上有很多裂缝,墙皮黄黑,有的地方已大块脱落;课桌张张"面容憔悴";有的凳子,腿都是不同的木材组合成的……这与她所在的宽敞明亮的教室相比,真是不可想象。文嘉要不是亲眼所见,真的想象不出还有如此残破的教室。"在这样的教室里上课,多没有安全感啊。"文嘉不禁说。

"是啊,可是,有什么办法呢?原来村子里的大多数人家都搬到镇上去了,只剩一些特别依恋故土的人家还在坚守着。而留下来的人基本都是中老年,家境都不怎么富裕,谁还有心思修建学校呢?"周老师说完这些话,坐下来大口喘着气。她说她患有肺气肿,如果哪天自己不行了,恐怕再也没有人来教孩子们了。

回城的路上,文嘉眉头紧锁,表情深沉。

不久,一个工程队来到学校,测量、画图设计、打地基,没用多长时间,一排崭新的瓦房建起来了。搬进新教室那天，孩子们高兴得手都拍红了。

原来，文嘉把自己拍的照片给爸爸看，她知道爸爸一定会帮助那些同学。她的爸爸不仅是企业老板，还是一位慈善家。

秋水用尽全力辅导文嘉，文嘉考进了市里的重点中学。得到这一消息的第二天清晨，秋水悄悄地、放心地离开了文嘉家。

秋水要回乡下去接替周老师教村里的孩子们。她当初进城打工挣钱并不只是为了弟弟，给村小学盖几间新教室才是她的最大梦想。

暖亮亮的太阳照着崭新的教室。明亮的教室里，周老师正教孩子诵读"自古逢秋悲寂寥，我言秋日胜春朝……"秋水禁不住在心里暗暗说：阳光真美，周老师真美，这个世界，真美！

团 圆

风絮

太阳真好。橙黄色的光辉给世界盖上一层暖色。杨老汉一手拄着拐杖，一手摸摸衣服上的阳光，抬起手，抹掉眼角的泪，向养老院门外走去。今天他请了假，不住养老院，他要回家去。

前天夜里，他梦见自己的老伴喊他："老头子，你回来啊，回来跟我们团圆。"说着把手伸向他。他高兴地伸出手握住老伴的手，老伴的手竟是温热的，他喜出望外，说："老伴啊，你等着，我这就回。"老伴笑了，笑着笑着便不见了。杨老汉一着急，梦醒了。老伴已去世十多年了，这是他第一次这么真切地梦到老伴。

"嗯，是该回家看看老伴了。"杨老汉这样想着。当初他来养老院是特殊照顾。他身无分文，养老院里的老人中只有他是"吃白食"，只因为院长张鹏和他儿子是朋友。杨老汉执意回家还有一个原因，那天他看电视上说有老人突然病死在养老院，死者亲属大闹养老院。人家院长好吃、好喝、好住地照顾了他近十年，临了了，不能再给人添麻烦。

十多年前，老伴患病受尽折磨离世，杨老汉十分悲痛。然而，上天还嫌他的心伤的不够，又给他加了一把盐。半年后，儿子驾车和张鹏外出，路遇大雾，遭遇连环车祸。张鹏受了重伤，没有危及生命，儿子当场死亡。经过两次人生至极悲痛的打击，杨老汉觉得自己的身子一下子空了，像极了一片摇摇欲坠的叶子。

儿媳受不了睹物思人的折磨，带着杨乐回了省城娘家。杨老汉不怨儿媳，儿媳还年轻，替他照顾孙子已很好。想起孙子杨乐，十多年未见，该是大小伙子了吧？杨老汉突然改变了主意，向汽车站走去。

到省城已是黄昏，人车如流，杨老汉沿着马路边小心翼翼地走着。一个转弯处，杨老汉望着红红绿绿的交通指示灯，犹豫了一会儿，正要走，一辆汽车戛然停在了他的一侧。杨老汉吓得一下子蹲在了地上，司机是个小伙子，摇下车窗说："大爷，咋？碰瓷啊？您这演技也太差了吧。"

杨老汉自己努力站起来，说："小伙子，不是每个老人都喜欢赖人。我只是被你的刹车声吓到了才摔倒的，不会赖你。我就是倒也不会故意倒在人家车上的。"

杨老汉记得亲家的商铺就在车站附近，过了马路，走几百米就到，只是十多年前的省城还没有这么多的高楼、汽车和人。杨乐商铺，杨老汉看到这几个字，停住了脚步，躲到行道树后偷偷向商铺里张望。

商铺里，一个小伙子热情地招呼顾客，眉宇间透着英气。"杨乐真像他爸爸啊，越来越像了。"杨老汉的眼里蓄满了泪水。杨老汉决定不去打扰儿媳和孙子，知道他们生活得很好就心满意足了。杨老汉找一家旅馆住了一晚，第二天一大早坐车回了老家。

老家的房子年久失修，已破败不堪，东厢房因为邻居在里面放杂物，尚完好。见杨老汉回来，邻居帮他收拾了杂物，搬来一个折叠床给他睡，杨老汉没说谢谢，只一个劲儿地说："远亲不如近邻，这话一点也不假啊。"

第二天，杨老汉没回养老院，张鹏来接他，他说："我想在家多待几天，我想家啊。"张鹏依了他，交代邻居好好照顾他。

杨老汉坐在阳光里，眯着眼睛想往事。中年丧妻，又失去儿子，他偷偷哭醒过很多个夜晚，那些日子，他觉得自己的心和身都麻木了。儿媳带杨乐回省城后，杨老汉看着孙子的照片，混沌的心智清醒了许多。他告诉自己不能再待在家里，便出去找活干，谁知从高架子上跌下来，伤了脊椎，医生说怕是从此再也不能干活。出院后，张鹏把杨老汉接到了养老院，亲爹一样侍奉。以前杨老汉总慨叹自己命苦，今天一番回味之后，他觉得自己好幸福。

夜里，杨老汉又梦见老伴喊他团圆。天色微微亮，他起床穿戴整齐，向村外的墓地走去。老伴的坟上荒草丛生，旁边儿子的坟上也荒草丛生。一阵眩晕，杨老汉在老伴和儿子的坟中间缓缓地倒了下去……

不知睡了多久，杨老汉听到有人喊他："爷爷，爷爷，我是杨乐……"杨老汉缓缓睁开了眼睛，笑了。

杨老汉对杨乐说："这些年，都是你张鹏叔在照顾我，你要记得。人要懂得感恩。"

张鹏说："其实这些年，是杨乐妈妈拜托我照顾您的，她每月都到养老院悄悄看您，交费用，您的衣服和鞋帽也都是她买的。做到这样，很不容易啊，比有些亲女儿都强……"杨老汉嘴巴抖动着，一句话也说不来，眼里挤满了泪花。

"爷爷，我妈说这几天修房子，房子修好了，我们立马搬回来和你一起住。要不是我外公瘫痪了七八年，我们早就回来了……"

沉默的银杏树

风絮

他站在那棵银杏树下,温暖的阳光透过树叶的缝隙照在他身上,暖暖的,像父亲的抚摸。带着凉意的风拂过,树叶有时疏,有时密,阳光随着树叶摇曳,有时有,有时无,像父亲的手,有时近,有时远。想到父亲,他的心一阵阵疼,他无声地流泪。

这棵银杏树是父亲生前栽下的。母亲走过来对他说:"孩子,别难过,你爹没走,他变成了这棵树,还替我们娘俩遮风挡雨哩。"母亲说着,手扶着银杏树,泪水顺着双颊滑落。

是啊,父亲还在,只是化身成了银杏树,用另一种方式存在着。

父亲是个聋哑人,快四十岁的时候才娶了体弱多病的母亲。上天眷顾,健康的他降临在这个清贫的家,给他们增添了许多快乐。但他觉得这个家让他有了烦恼。那年他上幼儿园,父亲去送他,小朋友嘲笑他是哑巴的儿子,都不跟他玩,那一刻,他小小的心房第一次有了刺痛的感觉。从那以后,他再也不让父亲送他上幼儿园。

他上小学的那一年春天,父亲不知从哪里弄来一棵银杏树苗。栽在院子外,然后指指他,又指指树苗,母亲对他说:"你爹是希望你像小树一样健康成长。"父亲很爱护小树,经常抚摸它,用眼神和它说话。而他,躲得远远的,不让父亲抚摸自己。

初中毕业后他没考上高中,便一个人去城里打工了。漂泊、流浪,偶尔会给母亲打个电话。母亲说:"儿啊,你回来看看吧,银杏树长高了,长粗了,开始结果子了呢。"他"嗯"一声,依旧不回家。

八年后的冬天,母亲打电话说父亲病重,怕是熬不了几天了。他的心一颤,这么多年,无声的父亲在他的世界里仿佛不存在一样。处理完手头的事,他急忙往家赶,赶到家,屋里已不见父亲的身影,空荡荡的屋子里,只有憔悴的母亲。母亲望着他,没有说话,深深地叹了一口气,眼泪溢出了眼眶。一刹那,他感觉天都塌下来了,他禁不住靠在母亲身上放声大哭。

母亲说:"人死都死了,哭不回来了。你长大了,以后要好好做人,知道吗?"他点点头。母亲又说:"你爸要不是帮你还债,没日没夜地干活,不会走得那么快。"他一惊。母亲擦擦眼泪继续说:"你眼里没有你爸,他心里却时刻都装着你,把你看得比他的命还重要。你在外面打工,他一直悄悄跟着你,你到哪座城,他就去哪座城。你染上了赌博,欠了赌债还不上,看着那些人打你,你爸心疼啊。他偷偷去找那些人,告诉别人他替你还债,要求他们不要告诉你,也别再难为你。他白天当装卸工,夜里帮人守仓库,拼死拼活地干,这都是为了啥啊,儿啊,你咋就一直看不起你爸呢?你的赌债还完了,你爸也病倒了。没钱看病,我说给你打电话,他不让,他说你在城里过得苦,不能拖累你……"他的眼泪像断了线的珠子,止不住地往下流。

原来,父亲一直默默替他撑着天。他扑通一下跪在父亲的遗像前,捶胸顿足,仰天长泣,"爸,我真该死啊……"母亲说:"你知道就好,以后心里要想着你父亲,他泉下有知,不会怪你的。"

银杏树已长得很高大,隔着墙就能看见它的枝干。他说想把院墙拆掉,把银杏树圈进院子里,母亲同意了。

银杏树默默生长,春天时抽枝展叶,夏天时浓荫蔽日,秋天时一树金黄,初冬时风起,花瓣一样的树叶随风飘舞。

母亲常和他一起看银杏树,母亲说:"你爸就像这棵树,不说话,但他时时在瞧着家啊。"

他点点头,是啊,父亲没有远离,父亲化身成了银杏树,用另一种方式存在着。

平淡岁月有馨香

秋风吹过来，身边的这棵葵花面对着我，张开着金黄的笑脸。我笑了，我听见它也笑了。剥几颗葵花子放进掌心，握在手里，如同握住那些平淡的岁月，握住父爱的温度，也握住那些柔软而馨香的时光。

纸船里的爱

雪原

"我折一只小纸船,让它漂在小河上,它牵引着我的目光,一直到那看不见的远方……"每当唱起这首童年的歌谣,就会想起我的奶奶。

我出生时,父亲在遥远的贵州工作,母亲一个人忙了家里忙地里,我很多时候都是跟在奶奶身边。

不知为什么,一到下雨天,我就特别爱哭闹。奶奶一边哄我一边自语:"这丫头,生在六月里,咋就不喜欢雨呢……"

我六岁那年夏天,雨仿佛特别多。小小的我吵着要出去玩,奶奶抬头看看天,紧紧拉住我的手,不让我出门。她让我坐在小凳子上,说:"妞妞,你听奶奶话不?"小小的我知道奶奶肯定又要哄骗我了,使劲摇摇头。奶奶慈祥地笑了:"只要你不闹,奶奶就给你折个纸船,好不?"

我终于点了点头。奶奶拿来一张白纸,两只手灵巧地折来折去,不一会儿,一个小小的纸船就叠好了。奶奶说:"咱把纸船放进水里好不好?"我快乐地跳起来。奶奶摸摸我的头:"傻丫头,想爸爸了吧?你快点长大,长大了当船长,开着大船去找爸爸好不好?"我的脸笑成了一朵向日葵。

雨水顺着屋檐滴落,形成一条小溪,我小心地把纸船放进水里,它立刻随着雨水向别处漂去。"小纸船去找爸爸喽！"我拍着手，多希望坐上纸船去看望爸爸。我看见奶奶悄悄背过身去抹泪花。

一年后，父亲调回我们所在的城市，奶奶就很少折纸船了。她说："船儿靠港了，我们不让它再去淋雨了好不好？"长大后才明白，奶奶折纸船，不单单是为了哄我，那里面藏着一个母亲对儿子的思念和祝福。

我离家出外工作的那年，奶奶又开始折纸船了，她说又一条船离港了……

其实，奶奶也是一条船，把爱装满舱，让我们在外的日子温情溢满了胸膛，然后无惧风雨。

"我折一只小纸船，让它漂在小河上，它牵引着我的目光，一直到那看不见的远方……"装满爱的小纸船，在今夜，缓缓地顺着时光的河流向我漂来……父亲含着泪笑了，他的晚年再也不会一个人孤独寂寞。

父亲的掌中花

雪原

每天早晨,我都会碰到那对父女。稍显沧桑的父亲骑着一辆半旧的自行车,后座上坐着他的女儿。远远看去,女孩鲜艳得如一朵花,而她的父亲,就像一根树枝。

不由得想起我的童年。我的童年也是这样在父亲的自行车后座上度过的。那时候我刚上一年级,母亲给我买了一身新衣服,是花枝缠绕的连衣裙。母亲为我梳了辫子,扎上两朵绯红的花。我望着镜中的自己,欢喜得像只小鹿。我坐在父亲的自行车后座上,两条腿儿不闲着,来回摆动,父亲一个劲儿回头嘱咐我别乱动,我也不听。看着自行车在路上歪歪扭扭地前行,我很高兴。

走到一段上坡路,父亲下来推着自行车走。我蹦下自行车,在路上疯跑。父亲看我调皮,一双大手抱起我,把我放在自行车的前梁上,说:"一个女孩子,咋这么稳不住呢?女孩子要像花一样,庄重文雅。"我不知道什么叫"庄重文雅",但我懂得"像花一样"是什么意思,因为花总归是美丽的。

中学距离我们家有十多里地,需要住校。父亲去送我,车后座上放着母亲为我缝的新被子。我坐在自行车前梁上,父亲双手握着车把,把我圈在他的怀里。我不经意间侧头看父亲,他的鬓角竟有银丝闪亮。"爸爸,你长白头发了啊!"我惊呼。

"长白头发有什么稀奇?就像树一样,到了秋天叶子就黄,这是很正常的事。"父亲淡淡地说。

"可是,明年叶子还会再绿,人是不能再变成少年的。"我竟有一些小小的伤感。

"傻孩子,不是还有你吗?你就是我的希望啊。"父亲望着我,满脸的皱纹都在笑。

父亲是一棵树,我是树上的花朵,他用生命供养我,让我无拘无束地生长,无忧无虑地欢笑。

就这样,一过十八年。

那是早春二月,花儿还没有热烈地开,只有迎春花和杏花在寂寥地含苞欲放。父亲病倒了,很重很重。我推着自行车送他去医院,父亲坐在后座上,瘦削的身体如一株还沉浸在冬天不愿醒来的树,让人感觉不到一丝春天的气息。我的脸上开始有细细的汗,父亲从自行车上下来,与我并肩走着,他枯瘦的手握住我的手,给我一股无形的力量。

父亲和树一样坚强,他在百花盛开的初夏,带着满脸笑容回到了家。我与他相拥而泣。

父亲说:"虽说女孩如花,略显娇嫩,但无论遭逢多大风雨,都不要轻言放弃或退让。"

那个冬天,父亲还是走了。我走过绵远的时光,却走不出父亲如树一般的荫凉。

眼前,那个父亲,一手握着车把,一手向后圈住女孩,像呵护一朵花般小心……看得我的眼睛有些湿润。

原来每个女儿都像一朵花,永远高举在父亲心爱的手掌上。

那些暖，无声流淌

玉玲珑

一

小时候，父亲在贵州工作，母亲每天要下地，我便成了外婆家的常客。

记忆中，那是个秋天的夜晚，天黑了，母亲还没有来接我。外婆点起煤油灯，我缠着外婆讲故事。外婆拿来针线簸篮儿，一边纳鞋底，一边用细柔的声音说："从前有座山，山上有座庙，庙里住着一个老和尚，还有一个小和尚……"

微风拂过，煤油灯的火苗左右摇曳，我的眼睛一闪一闪看看外婆，外婆的眼睛里也有两汪光泽在闪烁。

灯芯短了，光显得黯淡了。我拿起外婆手边的针，学着外婆的样子想把灯芯挑长拨亮一点，火苗子一下子跳起来，吓得我一头钻进外婆的怀里。

外婆搂着我，轻轻拍着我说："不怕不怕，那是灯在感谢你呢，你看它现在多亮，它感谢妞妞帮它亮起来呢，你看，它好像在跳舞给你看呢。"我望着灯火，果然，那灯火摇摇摆摆的，似是在跳迪斯科。我笑了。

橘黄色的灯光把外婆的身影映在墙上，好大好大，覆盖了整面墙。灯火微光，映照着外婆脸上那些深深浅浅的皱纹。白色的麻线在外婆瘦削的手中来回穿梭，鞋底上早已布满了一行行一列列整齐而斑驳的印迹。我又缠着外婆讲故事。外婆笑着，轻轻讲起："在很久很久以前，有一个不幸的孩子叫牛郎，父母双亡，他和哥哥分家，他只得到一头老牛……"

"那后来呢？"我总是担心七仙女丢下自己的孩子。"后来鸟儿搭桥，让牛郎一家团圆。"外婆笑着摸摸我的头。

"那个天上的王母也是外婆，咋那么坏呢？我的外婆最好。"我又缠进外婆的怀里。

"不是王母坏，是人和神仙不是一路人。等你长大了就懂了。"外婆放下针线，把我揽起来。

外婆的怀抱真暖和，我不知不觉睡着了。

二

中学的时候需要住校，一个星期才能回家一次。

星期天早上还没起床，就听见母亲在厨房里叮叮当当地忙活，饭菜的香夹着疼爱的味道，勾引着我的味蕾。我睡意全无，穿衣起床，顾不得洗漱，直奔厨房。饭桌上的咸肉粥升腾着暖洋洋的热气，我舀一勺吸溜着喝入嘴里，顿时，满嘴萦绕熟悉的香。

那些咸肉是父亲用在单位省下来的伙食费买来的。母亲用最少的食材，做出尽可能多的食物，她自己却很少吃，只笑着看我们吃，仿佛我们吃得开心，便是她最大的欢愉。

她用那些在田地里长出的普普通通的时令蔬菜或者野菜，炒制成独到的特色小菜，让我们的清苦岁月也能活色生香，吃得贴心暖胃。

那个早春，我得了病，对任何食物都没有食欲。看我日渐消瘦的脸，父母很着急。那一天，我随便说："不知道苦菜长出来了没有。"

母亲让父亲照顾我，自己走出了家门。

直到天擦黑,母亲才回来,头发凌乱,满身尘土,原来她去挖苦菜了。她与父亲轻声说:"今春冷,苦菜还没长出来,真难找,我几乎是趴在地上才能看到它们的一点点痕迹……"我的眼泪不自觉地流了下来。

那一盘清炒的苦菜,我吃得津津有味,胜过那些绝顶的珍馐。

父母的爱,如桌上饭菜的热气一般,蒸腾弥漫,温暖着所有凄苦的日子。

平淡岁月有馨香

心是莲花开

秋风吹过,老屋西院里的葵花随风摇摆,葵叶发出沙沙的响声,像谁的耳语叮咛。女儿说:"妈妈,为什么秋天的葵花低着头呢?"

"因为葵花成熟了,成熟的葵花不张扬,低下头等着人去采摘呢。"我脱口而出,却在一瞬间发觉,这句话是那么熟悉,连语气也仿佛刻意模仿了谁。

想起来了,想起来了,是他!是他!

记得多年前,老屋的西院还是一片荒地,那年春天,父亲从邻居家移来好些葵花苗,栽在了西院里,从此,荒凉的西院有了勃勃生机。

棵棵葵花,手牵手,肩并肩,一起抵御风雨,顽强生长。心形的叶子浓绿茂密,层层叠叠,铺展成一片绿的海,朵朵花开,耀眼的金黄。置身其中,黄灿灿的颜色占满了眼睛,温润了心扉,我像一条自由游弋的鱼,徜徉在葵花海里,心胸豁然。

陪伴着葵花成长,它们那激荡的美和蓬勃的活力,让我也感觉自己长得那么健康、挺拔、秀美。

秋天来了,葵花变成了葵花盘,除了花盘边上还有薄薄的花瓣,花盘中的葵花子头顶花蕊，有秩序地排列在花盘里，温暖而紧密。

我望着葵花子，眼馋得很。父亲知道我的心思，找一棵健壮的葵花，搬来高凳子战着，小心翼翼地从葵花盘里抠下一些葵花子，递给我，我迫不及待拿一颗，用手拨开瓜子皮，白白胖胖、嫩嫩的瓜子让我垂涎欲滴，赶忙放进嘴里品味，一丝脆脆的、淡淡的甘甜顿时满溢口中。

深秋，葵花盘里的葵花子一颗颗变得坚硬而饱满，鼓胀着，像要冲出花盘一样。葵花子成熟了，父亲拿来砍刀把花盘砍下，分赠给邻居和亲友们，剩下的一些晾晒在东平房的屋顶上，作为我们一冬天的零食。

父亲下班回来，吃过晚饭，我们写作业，他坐在一旁，静静地为我们剥瓜子。等我们作业写完，碗里的瓜子已有不少，父亲分给我们每人一小把，看我们贪婪地吃着，他总是安静地笑着。

冬天，屋里燃起了炉子，父亲坐在炉子旁，精心为我们烤制葵花子。他把葵花子仔细、均匀地摊放在炉子上的铁板上，铁板越烧越热，父亲不停地用火钩来回翻动着葵花子，不让它们烤煳。他的眼睛紧盯着铁板，仔细观察着葵花子的烤制程度，眼神犀利而温柔。淡淡的炉火映照着他的脸，映照着他新添的皱纹、早生的华发。

偶尔会有调皮的葵花子逃跑到铁板旁的缝隙里，父亲放下火钩，不顾铁板的温度，用手指"驱赶"它们一个个归位。葵花子的表皮变得微黄，葵花子就烤熟了。"吃瓜子喽！"父亲的话音还没落下，我们姐弟早已冲到父亲面前。新烤熟的葵花子有一种特有的香，自然清纯，香进心里，暖进胃里。

父亲不舍得吃一粒，只看着我们吃，有时候在我们的"强迫"下，他会拿很少的几颗，咂巴着嘴，仿佛咂巴着人生的味道。

粒粒葵花子带着父爱的温度，就这样飘香在简陋的家里，温暖着我们的每一天、每一年。

而今，又是葵花子成熟的季节，街头卖瓜子的小摊飘来阵阵葵花子的香味，我的父亲，却已经远去了。只有那些平常的日子，嗑着葵花子，嗑着幸福，也嗑着本真的人生况味。

秋风吹过来，身边的这棵葵花面对着我，张开着金黄的笑脸。我笑了，我听见它也笑了。剥几颗葵花子放进掌心，握在手里，如同握住那些平淡的岁月，握住父爱的温度，也握住那些柔软而馨香的时光。

焐热一世温暖

心是莲花开

初冬时节,天气渐渐寒冷,我翻箱倒柜,把家人的棉衣棉裤都找出来晾晒,以方便随时更换。

一件红色的绸子棉袄进入了我的视线,时隔多年,手触碰在那柔软的缎面上,心里油然生出一股别样的暖流。

那时我上小学三年级,已是爱臭美的年纪。那一年,邻居小美穿了一件特别漂亮的棉袄,黑色的布上开满朵朵细碎的花儿,加上做得十分合体,小美穿在身上,如一朵开在阳光下的花儿,一蹦一跳,一点也不冷。

我对母亲说:"我想要件新棉袄。"母亲没有作声,只是轻轻地叹了口气。

十多天后,母亲拿出一件红色的绸子棉袄给我穿上,我高兴极了,一蹦一跳地奔向小美家,想让她看看我的新棉袄。

"你这是穿的谁的棉袄啊?这个红,只有新娘子才穿,你是不是给人家去当童养媳啊?"小美的话像一把刀子刺痛了我,我逃也似的跑回家,把棉袄扔进母亲怀里,不管母亲满脸的惊愕,哭嚷着要一件小美那样的新棉袄。

母亲抱着红棉袄,泪水从脸上簌簌地往下落。我一下子慌了神,因为我从来没见母亲哭过。我边给母亲擦眼泪边说:"妈妈,我不要新棉袄了,你别哭了。"母亲握住我的手说:"妞,等明年冬天,我一定给你做件最漂亮的花棉袄。"

少不更事的我不知道,爷爷得了中风,半身瘫痪,为了给爷爷治病,家里欠了好多债。

外婆对我说:"妞啊,你妈怎能不想让你穿得漂漂亮亮的呢?你爷爷病了,花光了家里的钱,还借了人家好多钱。你知道这件红棉袄是哪来的吗?是你妈妈用自己的嫁衣裳给你改做的。按老礼这件衣服是不能给别人穿的,是要带到棺材里的。你妈本想让你高兴,谁知道你竟不喜欢。唉……"

我忽然觉得很对不起母亲,是我的无知伤害了她心中的美好。回到家,我穿上母亲做的红棉袄,在同学那怪怪的眼光中穿行,不再在乎那些指手画脚和嘲笑。

这件红棉袄在母亲眼里胜过任何高档衣服,是她最珍贵的东西,而她却毫不吝惜地给了我。

红棉袄一直陪伴我读完了中学,后来小得不能穿了,我也一直带在身边。因为看见它,我就想起那个童年的冬天,母亲趁我睡着,在灯下一针一线把爱缝进细密的针脚,为我焐热一世温暖。

外婆的独家美味

一枚芳心

进入腊月,家家的屋檐下又开始飘香了,各种煮肉、炸肉的香混合成浓浓的年味儿。而记忆里最难忘的年味,是外婆制作出来的,那样清新、爽口,远隔着岁月遥远,依旧让我魂牵梦绕,念念不忘,因为那是外婆的独家美味。

小时候,腊月十七八的冬日暖阳里,我和外婆坐在草席上,草席上铺满了黄澄澄的豆子,外婆教我挑出那些干瘪的、碎了的不好的豆子,因为坏了的豆子不发芽。阳光下的外婆,脸上闪着温暖的光,每隔一会儿,她就把我的小手握在手里,又搓又哈。外婆的手很粗糙,却很暖很暖,常常在瞬间就能让我的小手暖透。

豆子挑好,放在大盆里,倒上水洗干净,再用温水泡一晚上,泡到豆子涨开,微微鼓起的样子,淘洗干净,沥干水,把豆子放进泥瓦盆里,上面盖上一块干净的纱布。发豆芽的准备工作就做好了。

外婆把泥瓦盆放在火炉边,每天打开纱布给豆子换一次水,每次都要沥干水,顺便把纱布洗一下。每隔两个小时,外婆都要转动一下盆,以便让每个豆子都得到温暖,从而积聚起发芽的力量。

在外婆的呵护下,豆子们睁开睡眼,在"阳光雨露"里竞相生长。

三四天后，豆芽就长到了一寸多长，可以做菜吃了。

外婆抓起一些豆芽放进锅里煮，水开后，再煮十几分钟，直到把豆芽煮熟煮烂，这样能祛除豆腥气。煮熟的豆芽捞出来，放在漏勺里凉着，等凉透后，放进小盆里或者大碗里，然后放入适量的盐、少许味精，拌制均匀后就可以食用了。

外婆腌制的豆芽咸菜吃起来清新爽口，脆嫩鲜美，让人回味无穷，给充满鱼肉的餐桌添上一道素雅之味。

外婆会把生好的豆芽拿到集市上卖点钱，贴补家用，也给盼年的孩子每人做上一件过年穿的新衣裳。

那一年冬天去看外婆，馋极了外婆的豆芽咸菜，而生活富裕的舅舅早就不让外婆生豆芽了，而我是那样想吃外婆做的豆芽咸菜。外婆看出了我的心思，默默挑选豆子，洗净，用温水泡上。第二天，淘洗净肚子胀鼓鼓的豆子，把泥瓦盆放在炕头上，盖上一层纱布，又在纱布上盖上一个小被子。

外婆把炕烧得暖暖的，但不能太热，太热了豆子会受不了，被灼伤，就不会发芽了。

三天后，我如愿吃到了清新爽口的豆芽咸菜，并带了一些回城。那些豆芽咸菜，让我的口舌清新，也让我的心清爽。

外婆的豆芽咸菜，在记忆里洁白莹亮，闪着黄澄澄的光晕，如一只只温柔的触手，一寸一寸温暖着冬天，也把索然无味化作馨香，给富足的人生添一份淡然、一份素净、一份原始的本真。

夹竹桃

一枚芳心

"我喜欢月光下的夹竹桃。你站在它下面,花朵是一团模糊,但是香气却毫不含糊,浓浓烈烈地从花枝上袭了下来。它把影子投到墙上,叶影参差,花影迷离,可以引起我许多幻想……"读季羡林先生的《夹竹桃》,不觉想起母亲养的夹竹桃来。

住在乡下的母亲,尤其喜欢养花。我家的小院,四季花开不断。

那年春天,邻居送给母亲一株夹竹桃,只有一拃多高,纤细瘦弱。我说这花肯定栽不活,太弱小了。母亲说不见得。夹竹桃没那么娇气,要不也不会从春开到秋的。

母亲找了一个小号的花盆,仔细把夹竹桃栽植好,放在院子里的背阴处,每天晚上吃过晚饭,母亲都要去看一看那棵夹竹桃。母亲说白天要下地干活,但是晚上有空,一定要看看夹竹桃,夹竹桃知道有人关心它,会很高兴,就会努力缓过来的。小小的我,惊异于一棵夹竹桃也需要人的呵护。母亲看着我充满疑惑的神情,摸摸我的头,笑笑说:"这世间的万物,都是有灵性的,你对它好,它也会对你好的。"

夹竹桃在母亲的目光里,抽芽绽绿,夏天到来的时候,就长成了饱的一盆。秋天来临，我对母亲说："这夹竹桃今年不会开花了吧？"母亲说："那要看夹竹桃攒够了力量没。"

"没有力量就不会开花吗？"母亲总是让我好奇。

"嗯，就像小孩子，没有长大之前，是不会做出漂亮的事的。"我似懂非懂地点点头。

那一年直到冬天，夹竹桃都没有长出花苞。严寒来临，母亲把夹竹桃搬进屋里，放在向阳的窗台上。此时的夹竹桃虽然只剩下几片寥落的叶子，但那挺拔的身姿，分明像极了一位英气的少年。

第二年春天，母亲把夹竹桃栽植到一个大盆里，说："不用多久，夹竹桃就会开花。"我瞪着大眼睛，却一点也没看到夹竹桃花苞的影子。

开学后，我很少关注夹竹桃，只有母亲，还是一如既往地在晚上去看看夹竹桃，说夹竹桃叶子长得很茂盛，说夹竹桃鼓出花苞了。

那一天放学归来，我一进门就看到夹竹桃上面好像燃了火，走近一看，原来是夹竹桃开花了！我惊喜地呼喊着母亲，母亲说："有什么大惊小怪，是花，总是要开的。"我不知道为什么母亲平时那么关注夹竹桃，而在它开花的时候却表现得这样"冷漠"。母亲说："夹竹桃今年会花开不断的，一直到秋天，它都会开。"我观望着夹竹桃，它那火红的花瓣像一团火，仿佛在展示自己为了开花不惧风雨的决心。

果然，夹竹桃从春天一直开到了秋天，一朵花败了，又开出一朵；一嘟噜花黄了，又长出一嘟噜。在和煦的春风里，在盛夏的暴雨里，在深秋的清冷里，静悄悄地展露着独特的风姿。迎春花败了，它还开着；菊花黄了，它还开着……因了它的存在，院子里仿佛一直都在春天里。

整个青春年少的时光，我就这样在夹竹桃的目光里走出走进，心里徜徉着温暖。

去年春天，母亲突然晕倒，再也没有醒来，那盆夹竹桃也在随后而来的夏天里不知不觉地枯萎了容颜。

夹竹桃不是名贵的花，也不是最美丽的花，但是，对我来说，它却是最值得留恋最值得回忆的花。

流年芬芳

佳一

乡下的老家有个小院子,每到春天,母亲便在院子的空地上撒下各种花种。几许春风,几场春雨,院子的墙角旮旯全都冒出来丝丝嫩芽,惺忪着眼睛,好奇地看着这个神奇的世界。

天气暖起来了,杂七杂八的植物,按着自己的天性,开出或碎小或雍容的花朵。

劳累一天的母亲,喜欢在晚饭后搬张小凳儿,坐在廊前安静不语。我也学着母亲的样子,搬来小凳儿坐在她身边。母亲闭起眼睛,我也闭起眼睛,一会儿马上睁开,母亲还在闭着眼睛。我禁不住问:"妈妈,你在干什么?"

母亲睁开眼睛,抚着我的头说:"我在闻花香。"

我耸动鼻子使劲闻,除了一些泥土的气息,哪里有花香?

长大后,我移居城市,母亲也跟我们进了城。小小的楼房,找不到一丝泥土的痕迹。我知道母亲喜欢花,买了几盆桂花、茉莉,放在阳台上。春夏之交,桂花先开,轻风吹拂,便有淡淡的清香飘进室内,却不见母亲在乡下闻花香时那般陶醉的样子。

我说:"风动桂花香。这桂花香,淡淡的,真好,闻着感觉自己都安静古雅了呢。"

"能闻到的花香，怎能算是真香呢？"母亲说。

那年坐车路过故乡，我特意回了老家，是个阳光晒热的夏天。打开院门的一刹那，我惊呆了，满院子的花，甚至淹没了院子中间那条通向房门的路。

原来，当年撒下花种，可以收获经久不息的芬芳。

我摘下几朵花，轻嗅，香极了，甚至有些陶醉。那些童年的记忆随着香气浮现在眼前。猛然想起，外婆也是爱花的人，母亲的童年也是在花香中度过的。

小心摘下几朵花，连同小小的枝叶，我要带回家制成标本，让它芬芳流年时光。

后来母亲病逝，我失掉了工作，心情极度落寞悲伤，便移走了家里所有的花，因为它们的香让我心痛。

那天在阳台独坐，忽听对门邻居说："看，我种的金鱼草开花了，真香！"

此时的我，忽然释然了。逃避伤痛不亚于掩耳盗铃，就像花香藏在每一缕风里，任你怎样都躲不开。那就坐下来闻一闻花香，让伤痛记忆、沧桑变化，开成一朵花，清香我们的灵魂和生活。

谷子黄，小米香

明可

婆婆托人从乡下捎来今年的新小米，抓一把贴近唇边，一股特有的香弥漫开。

记得小时候，父亲在外地工作，家里的活压在母亲一个人的肩上，我就成了外婆家的"寄居蟹"。我胃口不好，外公和外婆常常为我的一日三餐发愁。

那一年春天，外公在西院里整出一片地，说是要种谷子，还说种了谷子给妞儿吃。我望着那些像沙粒一样的谷子，心里充满了好奇：谷子是不是真的很好吃呢？

谷子出苗了，与野草一般无二。我生气极了——为什么外公要让我吃草呢？一个傍晚，外公出门去，我飞速跑到西院，伸出手，飞速拔掉一大半谷子苗。那个夜晚，我像个凯旋的英雄，竟兴奋得差点失眠。

之后的几天，我心里一直忐忑着，而外公，一脸的平静，依旧悉心照顾着那些残余的谷子苗。

阴历六月，谷子开始抽穗了，外公望着那些谷子，脸上总是满满的笑容，指上的旱烟烟雾随风摇摆，谷子也起伏摇曳。此时的我看着谷子，心里竟欢喜起来。

外公找来一些竹竿,横竖绑起来,把他的旧衣服拿来套在竹竿上,衣服领口露出的竹竿上再绑上一些麦秸,然后拿来他的旧草帽扣在上面,一个活灵活现的稻草人就开始站岗值班了。稻草人无比忠诚,不管刮风下雨,还是晨昏午后,它都站在那里,不嫌辛苦。外公是活动的稻草人,他看到那些飞来的鸟儿,嘴里吆喝着,驱赶着。

每天傍晚,外公都去西院看看那些谷子,谷子叶子唰唰啦啦,像在和外公打招呼。外公用手轻轻抚摸着那些谷穗,如同抚摸他疼爱的我。

处暑谷渐黄。秋天来了,西院里飘来一种特别的香味,外公说那是谷子成熟的香。外公站在谷子中间,周围是一片迷人的金黄。纤瘦的谷秆挺拔直立,努力支撑着沉甸甸的谷穗,倔强而坚忍,诠释着一种风骨。那些谷穗,娇羞地低着头,丰润而妩媚。

外公拿来剪刀,小心地把一个谷穗剪下,放进竹筐里,再剪下一个……

把谷穗搓碎,用簸箕颠净杂物,放在那里晾晒几天,再把谷子拿到石碾上去碾掉谷壳,谷子就变成了小米。小米放在锅里慢火细熬,就成了香香的小米粥。

此后的几年,外公每年都会种一些谷子,我再也没偷着去拔掉那些谷子苗。

小米很小,只不过是"沧海一粟",但小小的一粒谷子,却能结出千万颗籽粒,每一粒谷子就像一颗浓缩的太阳,伴我成长。绵厚醇香的小米粥,如同外公不善言说的爱,温润着岁月,馨香绵甜。

眼望手中的小米,时光倒流,我仿佛又看到了西院的谷子在风中摇曳……

一路上有你

明可

漫天飞雪中,隐约传来丧乐声声的低泣,是哪家父亲或母亲又撇下了儿郎?心,开始隐隐的痛,泪,早已沾湿了衣襟。

父亲啊,您在遥远的天堂还好吗?

舍不得您走,舍不得您宽宽的背、和善的脸,舍不得您憨憨的笑、亲切的话语、暖人的大手,有您的日子,我才是个孩子,永远会撒娇的孩子,幼稚地缠着您的孩子。

您是棵大树,能挡日头;您是一把伞,为我们姐弟撑起一方晴空;您是一头黄牛,肩套粗纤,把我们拉到幸福生活的门前,而您,却耗尽了心力,撒手归西,不恋了人间烟火的温情。

父亲啊,您知道吗?女儿想您了,想您想得苦啊,想在心里,心去跋山涉水;想在梦里,梦里没有花开。

上学的时候,我是您掌上的明珠。那时候的我仿佛特别乖,每年都能如您所望地拿回一张或几张奖状,这是您最高兴的时候。奖状贴上墙,您久久端详,目光里充满了欣慰。

中学要到十几里外的乡上,由于学校还在建设当中,没有住宿条件,您就担起了我的"车夫",风里雨里,与我同行。虽然我们家当时生活很清贫,但您还是悄悄地为我开了"小灶",您用自己的伙食费为我添济,而我,不理解您"望女成凤"的期望,在高考即将到来的那个春末夏初,任性地选择了退学,离开了我曾经深深爱恋的学校,到砖厂做了一名小工。

您没有责骂我,只是很淡然地说:"早点接受生活的历练也好。"在砖厂干活才三天,我的双手已是鲜血淋漓,您不忍心看我受罪,托人在城里帮我找了一份轻松的工作。

活不累,但需要一天三班倒。您又担起了护送我的任务。您的工作不是三班,时常需要调整,有时夜里一两点或是早晨三四点从家里出来,但您还是固执地接送我,哪怕是我跨进家门您接着返回工作岗位。

生活的重担让您终于不堪重负,疾病缠上了体弱的您。那是当兵时落下的老胃病,稍有不适,它便折磨您。有时候半夜醒来,看见您在屋里来来回回地走,脸上的痛让我心疼得流泪。

永远忘不了那个夏天的雨夜。

是我上中班的时候,临近下班,天公却阴起了脸,风,一阵紧似一阵,车子根本骑不动,我们只好推着车子,艰难行走。

刚走到一半路,雨就来了。雨点豆大,砸得脸都疼。闪电和雷也来了,它们怕我们这些夜行人寂寞,特意来给我们解闷。您知道我最害怕雷,边走边说:"你看,那闪电多美丽,它是云的眼睛,也是我们的眼睛,它一闪一闪,我们就可以看清脚下的路是坑是洼。雷就更不可怕了,它多像过年时燃放的花炮啊。"听了您的话,我不那么恐惧了。我睁大眼睛,尽情欣赏着闪电的美丽,倾听雷鸣的乐章。

经过那个雨夜,我不再惧怕夜的黑,而由您陪护的夜晚,我知道了星星的传说、银河的故事,听到了窃窃虫语。夜的神秘面纱被您揭去,夜,原来也如此美丽。

然而,我不知道,在夏尽秋来的时候,您终于抗不过病的折磨,走进了医院,却再也没能走回来。我永远忘不了您临出家门的那一回眸:您那么贪婪地看着我们的家,仿佛要把它印在眼里,印在心里。您轻轻地一叹,虽然很轻很轻，但还是让母亲听到了。那一天，我从母亲哭红的眼里知道：您这一走，也许就没有归期。

您知道吗？我当初选择退学，就是偶然间听说了您的病情。那是在医院工作的堂姐告诉我的，她说您检查的结果很不好，她当时没有说是胃癌，只是说是很严重的病，恐怕不好治。年少的我希望用自己稚嫩的肩膀为您分担生活的重荷，没想到却留给您永远的遗憾（后来听母亲说，您的心愿就是让我上大学，圆您年轻时曾无法实现的梦）。

接下来的日子，我终日以泪洗面，终日用真心为您祈祷。上天却不为之所动，您还是走了，在漫天飞雪的日子。您是否化作了雪花，卸掉了生活的重负，在天地间自由地翩飞？

没有您的日子，母亲用柔弱的肩支撑着，她经常悄悄地看您的遗像，再苦再难的日子，都过得充实、踏实。

没有您的护送，我不再惧怕夜的黑，我知道，您一定在默默陪伴我，用黑夜那双黑色的眼睛。

看着漫天飞舞的雪，我思绪飞扬。一朵雪花倔强地从窗的缝隙间穿过，落在我的手上，是您回家了吗？

穿过时光的手

才短短的几年,母亲的手就失去了光滑柔嫩。我望着母亲的手,心里酸酸的,眼睛涩涩的。母亲握住我的手,什么也没说,和蔼地笑着。我把另一只手握在母亲的手上,母亲的手虽然粗糙了,但那种温暖依旧未改变。

母亲的背影

陈然

站在路口,看着母亲一边回头示意我回家一边离去的背影,我的心里有说不出的滋味,眼里不自觉地流出一些涩涩的液体……这是我第一次看到母亲的背影。

母亲的背影,我难得一见。

记忆里的童年,我总是走在母亲的前面。那时候我年纪尚小,母亲怕我摔倒,总是默默地跟在我的身后,给我安全感,让我踏实地迈动脚步。

上了中学,每天一大早母亲就起床做饭,然后喊我起床,在我吃饭的时候她帮我把自行车推出来,打足气,送我到村口,然后站在那里看我走远。有一次,我走到村外那个坡下来推着自行车时,不经意地回头望向村庄,依稀看见母亲的身影,我才知道母亲的目光从未远离,心里充满了力量。

工作、结婚后回家看母亲,迎接我的依然是母亲温情的怀抱,送我离开的依然是母亲慈爱的笑脸。

几年前,我的胳膊因公受伤,母亲执意要在医院看护我。出院以后,母亲又在我家里伺候了我半个多月。因为要忙秋收,母亲不得不回乡下老家。

那一天,我送母亲离开,这是母亲第一次走在我的前面。顺着楼梯一步一步往下走，母亲走得极其小心。每下一层台阶就回头看我一下，嘱咐我小心一点，别碰了受伤的胳膊。

我以为母亲的背影也如她的笑脸一样永远美丽可亲，充满张力，但我分明看到了她背影里的沧桑。她的背有些微驼，原来，岁月已把母亲弯成了一张弓，而我一直走在她的前面，看到的总是她那圆满的光彩。

走出楼道，母亲执意让我停住脚步，一个人一步三回头地离去。

我站在那里，眼泪无声地滴落下去，不能自已。

母亲走出几百米远了，阳光照在她身上，映出她的影子，隔着一段距离，我看得很清。母亲把包放下（她从家里带来的衣服），揉揉腰，捶捶肩膀。母亲累了，但她不让我看到她的疲倦。母亲腰疼病又发作了吧？但她不愿意让我看到她的疼痛，怕我牵肠挂肚。

母亲的背影里，承载着她对家人多少心心念念的牵挂啊！这牵念很重很重，可她依旧在父亲去世后一个人扛起了整个家庭的重担。尽管这背影显得有些疲倦，可她依旧会转过身来给我们一个安心地笑。母亲的背影里，藏满了深深的爱。

我跑上前去，跟在母亲身后，轻声说："妈，我送您到车站。"

被忽略的幸福

陈然

女儿说:"妈妈,怎么还不过年啊?"在孩子眼里,时光老人似乎老态龙钟、步履蹒跚。是啊,我们小时候不也天真地认为时间是一幅连绵不断的画卷吗?

记得童年的时候,春节的味道还没有散尽,就开始翘首盼望新年的来临。那时候,只有过年,父母才舍得为我们置办一身新衣。父亲是工人,每个月的工资三十多元,除了供我们姐弟上学,结余很少。清淡的生活穷得只剩下父母慈祥的笑意。我们班级里有个女孩子,她的家里好像很富裕,衣服常常换新的,我很羡慕她,甚至有时候嫉妒她是那么的幸福。童年的记忆停留在渴望过年的新衣里。

在我高三那年,父亲患了胃癌,永远离开了我们。我的大学生活变成了一场梦。很多次,我埋怨生活待我如此不公,失去太多,得到太少。为了供妹妹上学,我瘦弱的肩膀为母亲分担生活的重担,那时候我的心里认为,岁月太艰辛,生活不如意。

幸福对于我,像一幅美丽的画卷,却总是镶嵌在别人的相框里。

生活如水般,平静、平淡到无味。

有限的生命就这样在指间悄悄流失，如同小孩儿手中的糖，吃一粒就少一粒，留下的仅仅是淡淡的余味。

"我们有所爱的人，有爱我们的人，有父母、兄弟姐妹、朋友的爱……有健康的身体，有睡觉的地方。每天早上醒来，可以呼吸一口新鲜空气，可以看到蔚蓝的天空、朝露、晚霞和月光。这一切，原本不是应得的。"品读张小娴的散文，静下心来仔细想想，书中描述的这些内容不都是我们最珍贵也最容易忽视的幸福吗？我不由得豁然开朗，心中的阴霾也随风而逝。

在平淡如水的生活里，每个人都在为生存忙碌着。拥挤纷繁的生活使人疲惫，微妙复杂的人际关系更让人困顿。面对纷纷扰扰的生活，人的心情往往很糟，因此忽略了幸福的存在。人生的道路上，其实我们身边有很多看起来微不足道的幸福细节：孩子天真的笑脸、爱人关心的眼神、兄妹深厚的亲情、父母用心的疼爱……

此时，我的心情平和而满足，在这种满足的喜悦里，有一丝淡淡的幸福感将我紧紧包围，就像那随风飘来的若有若无的花香一样，虽看不到它，却能真切地体会到它跳动的脉搏。

青枣香甜

吉意

二舅进城,给我捎来了一些枣儿,说:"今年的枣儿结得不多,大约是枣树老了。"

是啊,枣树老了。我仿佛又回到了外婆家。

我的童年几乎是在外婆家度过的。那时候父亲在外地工作,母亲一个人忙了家里忙地里,没有个清闲的时候。母亲是家里的老大,我是外婆第一个外孙,所以犹如"众星捧月"般被呵护着。

外婆家的院子里有一棵枣树,那时候只有手指粗,只能结零星的几个枣子,我是唯一可以享用的这些枣子的人。后来枣树慢慢长大了,结的枣子也越来越多,而外婆家的孩子也越来越多,因为舅舅和姨妈们都结婚生子了。

我们慢慢长大了,上学了,只能放假的时候才去外婆家。那一年暑假,我和表弟在枣树下追逐玩耍,忽然,小表弟抬头望着树上的枣子问我:"姐姐,不红的枣子好吃吗?"

"不好吃,枣子红了才好吃。"我抬头望着树上的枣子,渴望能看到那"万绿丛中一点红"。

外婆看看我们，不说话，她拿来一根长长的竹竿，打落下一些青青的枣儿，并不让我们吃，而是进了厨房一个个清洗干净，生了炉子架锅烧水。等锅里的水烧开，外婆把洗净的青枣倒进锅里稍煮。不一会儿，一盘煮熟的枣子放在了我们面前。我第一次知道：原来不熟的枣子煮熟吃那样香甜。

外婆笑眯眯地坐在一旁看我们吃枣，嘴里轻轻地念叨："一日三颗枣，不用找郎中。"有时候外婆把那些鲜绿的青枣洗净了炒了给我们吃，甜甜的，别有一番风味。

工作后，我很少再去外婆家了。但外婆每年秋天都会托人捎给我们一些枣子。

我对二舅说："还是自家的枣树好，结的青枣都是甜的。"

二舅憨厚的笑笑说："哪能呢，枣树都是一样的，不到季节的枣子如果不经过特殊处理，是不会甜的。小时候你们吃的那些青枣，都是加了糖的。"

我恍然大悟：原来那些香甜的青枣，是外婆用爱"催熟"的。拿一颗红枣放在嘴里慢慢咀嚼，枣儿的香气中满溢着外婆给予我们的温暖。

而今，我已是人到中年，外婆家的枣树"老"了，我的外婆也已是80岁的老人了。房子几经翻盖，而院中的那棵枣树却一直在，外婆说看到树上的枣子，就像看到了童年的我们。而我们吃着香甜的枣子却没有想到：外婆门前的枣树，已是风烛残年的模样。

故乡的老树

吉意

"枯藤老树昏鸦,小桥流水人家",读马致远的小令,我想象着词人描绘的优美画面:万物肃杀,青藤枯老,黄叶落尽,被枯藤缠绕着的老树上,栖落的一只乌鸦瑟缩着,在傍晚的静寂中,不时发出几声嘶哑的叫声。峰回路转,只见一架小桥,桥下一弯秀水,潺潺流淌,水边桥头,几间小屋错落有致,小屋上缕缕炊烟袅袅升起,显得那么安恬、温馨。忽然脑子里跳出一个奇怪的想法:词人一定是个胆子特小的人吧?至少小时候应该是的。

故乡的村口也有一棵老树,破破烂烂的,据说活了五百年了。它经历了风雨摧残雷火焚烧,树干恐怖地扭曲着,像出熔炉并被废弃的钢铁。那带着固执不屈而又沧桑的样貌,如一个倔强的老头,风烛残年,明明油都已经熬干了,却还做盏不省油的灯,可劲地弄得枝繁叶茂,残喘于有些冷清的村头。

老树是我童年唯一的朋友。

南方的夏日热得让人烦心。那时还小,在教室里热得受不了,我便偷偷溜出来,跑到村口爬老树,老树很够朋友,把我捂得严严实实的,阴凉舒适。

躺老树上睡半天，太阳下山时，再胆战心惊地回家扛父亲那一顿暴揍。一次，我又躲在了树上，没想到父亲干活累了，也来树下歇着，我便在高处不敢稍动。父亲在树下"吧嗒吧嗒"地吸着烟，一会儿站起身，仰头观望着老树，我拽住身边的那些枝叶，把自己隐蔽起来。不知为什么，父亲那次在树下坐了好一会儿，我如潜伏的士兵动弹不得，其中滋味，用言语无法形容。

许是老树枝叶茂盛的缘故，不知何时，来了只乌鸦，在上头筑了巢，成了老树上的常住居民。那只乌鸦后来娶妻生子，老树成了它们温暖又结实的家。傍晚时分，乌鸦们在树上"哑哑呱呱"地叫着，那叫声听着都叫人心里发毛。从那以后，我就不敢一个人上老树玩了。我胆小。

再大点，父亲显得老了，到老树下休息的时间也更多了。父亲是个勤劳的人，每天天不亮就去下地干活，农闲的时候他也不闲着，把那些平日割来的荆条或者柳条编成筐儿、篮儿，拿到集市上卖钱。我不记得父亲曾有过清闲。

树荫下的父亲有些萧索，有些沧桑。他和老树一个颜色。

后来，父亲在老树下送我离家。走远了，再回头，看不见我的父亲，只有巍巍老树隐隐招摇。

曾在刊物上看过一幅画：沙海中一株盘根错节虬枝横逸的老树，在落日的霞光中，孤零零地，却顽强地伸展着稀疏的叶片，浑如一个苍老得满面沟壑的老人在夕阳中踽踽独行，远处，淡淡地浅浅地透出一抹绿洲的影子。

父亲，是那棵老树，而我，就是天边的那抹绿。

穿过时光的母亲的手

明月

握住母亲的手,一股暖流涌上心头。那一颗颗老年斑,是岁月开在母亲手上的花。

小时候,最初的记忆是母亲牵着我的手送我去上幼儿园。吃过早饭,母亲帮我提着花书包,握住我的手,沿着曲曲弯弯的小巷走向幼儿园。母亲的手白净、修长,是我小小的手儿温暖的巢。去幼儿园要经过一片梨树林,每次走到那个地方,我就趁母亲不注意,挣脱她的手,跑到梨树下仰望。春天,梨花开得雪一样白,偶尔会有花瓣飘落下来,我拣拾几朵放在手心里,对母亲讲:"看,我的手开花了!"母亲笑着,轻轻地在我鼻子上刮一下:"嗯,手也是会开花的,不过不会开出梨花,而是开出极美妙的花。""美妙的花是什么样子?"我瞪大好奇的眼睛。"等你长大了就知道了。长大了,你的手会自己开花的。"说着,母亲重又握住我的手,向幼儿园走去。

上小学后,母亲不再送我上学,我也很少再让母亲握住我的手了,我已经长大了。母亲的手牵着弟弟和妹妹的手,像送我一样去送他们上幼儿园。每次经过梨树林,我还是会想起母亲的手,想起我的手安放在母亲的手里是那样温暖。

老师布置了一篇作文，让写"妈妈的手"，并要求一定要仔细观察妈妈的手有什么特点。回家后，吃过晚饭，坐在灯光下，我握住母亲的手，啊，竟是那样粗糙的感觉，我赶紧将手掌摊开，把母亲的手平铺在我的掌上。那是怎样苍老的一双手啊！手背上长了一层浅黑色的皮，掌心布满了茧子，摸上去硬硬的；手指上布满了细小的裂纹，摸上去那样粗糙。才短短的几年，母亲的手就不再光滑柔嫩了。我望着母亲的手，心里酸酸的，眼睛涩涩的。母亲握住我的手，什么也没说，和蔼地笑着。我把另一只手握在母亲的手上，母亲的手虽然粗糙了，但那种温暖依旧未改变。

离家去城里上学，弟弟和妹妹也长大了，母亲的手依旧不清闲，她的手里握紧了一棵棵小麦、一粒粒花生、一个个红薯……

上班那年，我不小心被高速旋转的机器扯住了手套，造成右臂骨折。手术后醒来，看到的是母亲充满疼惜的眼。她双手握住我的右手，轻轻地、小心翼翼地抚摸着。

"妈，没事，看，还能动。"我想握住母亲的手让她安心，手却不听使唤，只是手指微微地有些弯曲。母亲急坏了，跑去喊医生："医生，我闺女的手怎么不能动了呢？"医生说是骨折伤了神经线，接通的神经线和断骨恢复需要时间，两三天后就能动了。母亲的脸色终于舒缓了。医生嘱咐说要时常按摩我的右手，以刺激神经线的恢复。母亲像得了圣旨一样，那一夜，她整夜没合眼，就那样小心谨慎地握着我的右手，轻轻地抚摸着。我受伤的手握在母亲的手里，安心而踏实。

那一夜，我睡得很安稳，一点也没感觉到麻醉药消退后的疼痛。

一天下午，我突然接到邻居的电话，说母亲在小区门口晕倒了。疾奔进医院，病床上的母亲昏睡着，右手却不时地挥舞着。我握住母亲的手，告诉她我在她身边，她立马安静下来，用手指轻轻地抓挠我的手心，让我知道她听到了我的话。三天两夜，我和弟弟妹妹、亲友轮番握着母亲的手，一刻也不曾松开。母亲的手却越来越凉，终于失去了温度。我最后一次握紧母亲的手，泪眼蒙眬中才看清母亲的手不知何时已长了老年斑。

穿过时光握紧母亲的手，心里涌动恒温的暖流。